霍衣仙著

最近二十年中國文學史綱

廣州北新書局發行

序言

乙仙囑我爲他近著最近二十年中國文學史綱作序，我很歡喜，因爲此書多少與我有些淵緣。三年前乙仙在嶺南大學附中教國文時，我們幾位同事曾合力作了一本「中國文學重要問題及名著提要」以便學生準備會考之用。乙仙担任寫小說及新文學兩部分，當時雖是倉卒完篇，却也寫得賅括簡明，應有盡有。今年春天，乙仙又重遊廣州，偶然談及此事，我們覺得有將各部分擴大，使獨立成書之必要。計議剛訂好，乙仙卽冒酷暑，一邊流著汗，一邊驅著蚊，奮筆成書，我不能不佩服他努力耐苦之精神，與著作慾之強。

我常想最近二三十年文學史很難寫，第一：時代愈近，觀察愈不容清楚。好象看電影，坐的遠一點，它的輪廓動態，看的很透澈，若靠近銀幕一二尺，只能看一個人頭，或一隻手在亂動，全體的動象，反爲模糊，不能得到總括的印象。中國文學在最近廿年來，因思潮之激動，政局之翻騰，人們生活之變遷，以致文學在形式上及實質上都有劇烈的變化。變化之速，花樣之多，新文學家之如雨後春筍般的產生，以及作品像華北私貨般的大規模地湧進市塲，眞敵得過以往中國社會二百年的進化。至於文學研究的團體和派別，各大日報之副刊，及定期刊物，或標榜某種主義，或營利投機，時而旗鼓相當對陣叫罵；時而因某種潮流，由分而合；不久又因利害衝突，由合而分。眞是五花八門，鬧得人頭昏。設非有靜遠的頭腦，由極紛亂的現象中，看出線索；由迷離動盪中，認清面目，就不容易將這二十年在動進中的文學趨勢，整理一個條理出來。

第二：靜的事態易寫，動的較難；過去的事好寫，在進行中的更難。文學史乃敘述文學的動態，若是這動的形態已成過去，則易下筆，若還是演進中就比較難了。所以九一八以前的文學史一段容易敘述，最近五年來就比較很難。一方面文學思潮因政治的演變，已趨於混沌，旗幟已不如前幾年鮮明磊落，易於辨認。一方面因世界不景氣，文學的產量一落千仞，一般作家多偃旗息鼓，態度消極，或托庇於書店老板之下，幹其無聊的編輯，唯投機營利是圖，或感於以筆桿子謀生的不易，另走他途，以至如火如荼的文壇，變得蕭條冷落，縱有一二文壇健將，也沒有前幾年鬨動一時的作品了。雖然這蕭條落寞混沌的現象，只是潛伏一時的，而暗中正在滋生長養之中，非有明透的觀察力不能看出文學的動象來。

第三：作品作家太多了，太龐雜了。雖則成功的作家歷歷可數，可是他們的文章未必都是成功的作品。換而言之，有些很好的作品，却出於無名作家之手。所謂有名無名，還不是因爲喊叫的聲音有高低的不同，產量有多少之別麼？若只就幾個有名的作家來論，未免失於公平；若將一般作家作品，好的壞的，村的俏的，一齊網羅來，事實上也難辦到。據說祇有新詩一項，到一九二九年九日止，詩人至少有七十幾個，詩集至少有一百多種。唉呀，我的天，這算叫人嘆觀止了。現在又過了七年，想近來又產生些新的罷。新詩一項如此，其餘若小說家，戲劇家，小品文作家，什麼文作家又不知多少，若一一搜羅起來，那只有鈔各書店書目，日報及各地方雜誌廣告。即使勉強成功，只是亂七八糟一大堆，結果弄成變相書目而已。坊間出版的最近二三十年的文學史，其最大缺點也就在亂鈔書目變爲廣告式的宣傳。至於由蕪雜中弄出系統，由砂礫中淘出黃金來的敘述，却不曾見。是非具有清晰的鑑別力，多搜羅，多流覽，從事比較辨認，不能寫出完善的一部最近的文學史來。

第四：我覺得文學史這一種書，本身就應當是一種文學作品。用字作句行文須具有文學的條件，敘事要清楚，描寫要動人，文字要美，內容要有自己的思想和見地。若徒事鈔書襲取，臚列書目，傳記，文字上文言白話混爲一團，支離破碎，只是一本流水賬薄而已，還是什麼價值可說。

乙仙這本二十年中國文學史頗能打破以上幾種困難，條理分析清楚，分期允當，敘述也得法。有總論，有分論，令人一目了然，其文章更無拖泥帶水之病，至少給一般讀者以淸楚的印象。每章獨立成篇，可作一篇文章來讀，若詩，若小說，若戲劇，若散文，都能說得源源本本，不偏袒，不誇張，照實論述，頗能給讀者一個公允的概念。

乙仙對於文學修養頗深，對於新文學更有興趣。閱覽極多，搜羅很富，尤於新近作家多有親炙友誼之關係，所以耳目所及，洞曉現代文壇之流變及實況，絕非憑耳食及鈔書者可比。談笑間草成此書，眞所謂水到渠成，毫不費力。

序之寫於嶺南九家村

廿五，八，廿。

最近二十年中國文學史綱目錄

頁數

第三編　最近二十年文學流變史

第一編　新文學運動導論

第一章　新文學的解釋

I 一般的解釋

李杜詩篇萬口傳，至今已覺不新鮮；江山代有人才出，各領風騷數百年。

隻眼須憑自主張，紛紛藝苑說雌黃；矮人看戲何曾見？都是隨人說短長。

開始先引清朝趙翼的論詩二首，在第一首暗示說文學是時代的產物，一時代有一時代的文學，所謂「預知五百年新意，到了千年又覺陳」，便是最好的注脚。第二首是說文學批評，應該另具隻眼，隨人短長是等於矮人看戲而已。

但丁的神曲，是第一本用意大利方言寫的著作，但是到了近古，就變成古文學了。中國過去四千年的文學，是貴族的傳統文學，最近一千年來，民間文學在暗中滋長增高，作品被人傳誦，其勢力遠駕乎貴族正統文學之上。我們看一看二十四史的勢力，遠不如三國演義等歷史小說勢力大，一切文人的散文辭賦，逈不及水滸傳紅樓夢的普遍民間就可知道了。清代古文家的作品，遠不及官場現形記二十年目睹之怪現狀等書流行。舊文學隨着舊時代宣告了死刑，新文學便起而代之，成爲文壇的盟主。此次新文學運動，和中國過去四千年的文學，截然不同，普通以下列數項來劃分：

(一)貴族文學與平民文學：論兩種文學的起源，平民文學實先於貴族文學。因爲詩歌由情感發生，文章則由理智而出。詩歌可以口誦，不必靠文字的記載，上古的歌謠，在文字尚未產生以前就有，而文章却是文字產生以後的作物。詩經是第一部採集的民間歌謠，當未經編定以前，在民間不知傳誦了若干年代，後來才有文字的記載。而貴族文人的作品，是在讀書識字之後，方才作出來的。自漢代儒家倫理思想，在學術界成了一尊之勢，整個中國文學界，表面所活動的都是貴族文學；平民文學只在民間有他潛在的勢力。因爲貴族文學是模仿的因襲的，是大多數的老百姓不易懂的，結果變成了廟堂文學；平民文學是自然的活潑的，是有井水處都可歌，愚夫愚婦都可以懂的，這種平民文學便成了田野文學。自從貴族文人，開了模仿平民文學的風氣，到後來小說家流，以全力來創作平民文學，這種「雕虫小技」的勢力，超出了貴族文學，實爲近來文學革命的導源。

(二)死文學與活文學：文學是表現和批評人生的，凡是由思想寫下來的：有想像感情，有體裁及藝術的組織，而能使人類普遍的心理，互相感應交通，如此方是活文學。不適合這個條件，就可稱之爲死文學。平民文學是活文學，因爲平民文學的產生，是所謂「情動於中而形於言」，完全以熱情的激動作根基，並不似徒有形式而無精神的貴族文學，是作「以文干祿」的工具。其次的分法，就是在乎所用的文字。如果用已經死了的文字，也決不能產生活文學。自從詩三百篇，以及兩漢魏晉南北朝的民歌，和後來的戲曲小說，能够超出乎貴族文人所作的辭賦，深入人心，其勢力漸次澎漲，以致演變成後來的白話文學運動，就因爲這種活文學，達意達得妙，表情表得好。現時有人在那裡爲死文學謀復活，但是死文字決不能產生活文學，我們敢斷言是收不到什麼效果的。

(三)新文學與舊文學：文學新舊的區別，以前沒有明顯的劃分，自從最近的文學革命以後，才有了明瞭的分野。凡過去傳統的文學，一概稱之爲舊，以別於文學革命以後的文學。普通人以爲凡是白話寫的作品，就是新文學；凡用文言寫的作品，就是舊文學，這道鴻溝，也不能完全分判它。如上海過去風行的鴛鴦蝴蝶的白話小說，我們能叫他新文學嗎？文學是達意表情的，然須有優美的思想，熱烈的情感，豐富的想像。一切徒用白話寫的作品，而沒有文學價值的，我們也不能叫他是新文學。反之，如古代的詩經楚辭，及李白杜甫的詩，李後主的詞，王實甫的西廂記，我們不論何時讀了，總受他情感的激動，我們能說他是舊文學嗎？所以忽略文學的眞正價值，以爲凡此次文學革命以先的作品，統稱爲舊，而以近來的作品統稱爲新，這種分法，也是欠妥的。

二　新文學運動家的解釋

關於新文學的解釋，旣有許多不同的主張，今將新文學運動先驅者的解說擇要列下：

（一）胡適的歷史演進說　胡適是新文學運動的先驅，而且是最有功績的人，他以爲中國一千多年前，已然種下了文學革命的種子。不過那一千多年的白話文學，只是自然的演進，而非是有意的提倡。他在民國六年，首先發表了一篇文學改良芻議，宣布了「八不主義」，這篇文章很引起當時知識界的注意，當時他不過只宣布文學的消極主張；到後來發表了歷史的文學觀念論，才說出這次的文學革命，當得起革命二字，正因爲這是一種有意的主張，是一種人力的促進。在文中以歷史進化的觀念來論文學，中國過去的先覺者，雖說有人暗示過這種論說，但是正式以此相號召的，却是以胡適爲最有力的一人。後來他又發表了建設的文學革命論，正式標出「國語的文學，文學的國語」十個大字，並且堅決地說，死文字決不能產出活文學，中國若想有活文學，必須用白話，必須用國語，必須做國語的文學。

(二)陳獨秀的社會文學說　在胡適發起了新文學運動之後，首先響應的是新青年編者陳獨秀的文學革命論，他當時所標的三大主義：(一)是推倒雕琢的，阿諛的貴族文學；建設平易的，抒情的國民文學。(二)是推倒陳腐的，鋪張的古典文學；建設新鮮的，立誠的寫實文學。(三)是推倒迂晦的，艱澀的山林文學，建設明瞭的，通俗的社會文學。這是他第一次標出的社會文學說。到後來陳氏思想轉變，在討論科學與人生觀一文中說：「常有人說白話文的局面是胡適之陳獨秀一班人鬧出來的。其實這是我們的不虞之譽。中國近來產業發達，人口集中，白話文完全是應這個需要而發生而存在的。適之等若在三十年前提倡白話文，祇需章行嚴一篇文章便駁得煙消灰滅。此時章行嚴的崇論宏議有誰肯聽？」他是純粹注重經濟背景，追溯到文學革命的根源了。

(三)周作人的人的文學說　文學既是表現人生的，周氏的文學觀念，是叫人走向人道主義，而排斥違反人道主義的文學。他在人的文學裡說：「我們現在應該提倡的新文學，簡單的說一句，是「人的文學」，應該排斥的，便是反對的非人的文學。……我們所說的人，不是「世間天地之性人爲貴」，或圓顱方趾的人。乃是說「從動物進化的人類。」其中有兩個要點：(一)「從動物」進化的，(二)從動物「進化」的。……人的文學，當以人的道德為本，這道德問題方面很廣，一時不能細說。現在只就文學關係上畧舉幾項。譬如兩性的愛，我們對於這事，有兩個主張：(一)是男女兩本位平等，(二)是戀愛的結婚。世間著作有發揮這意思的，便是絕好的人的文學。』他的人與非人的主張，是與胡陳二氏不同的。

(四)郭沫若的革命文學說　上述三氏的解釋，都是新文學啓蒙期有力的主張，對於青年的思想有不少的影響　自從一九二五年上海「五卅」慘案發生，中國人又受了一番重大的刺激。當時創造社的諸作家，鑑於外受帝國主義的侵略，內受軍閥官僚的壓迫，為求民族的解放，及人民的復甦，於是提倡革命文學。他們不但有革命的熱情，而且還參加實際工作。這一派的人可以郭沫若作代表。他曾在革命與文學裡說：『文學是永遠革命的，眞正的文學，是只有革命文學的一種。所以眞正的文學，永遠是革命的前驅。而革命的時期中，總會有一個文學的黃金時代出現。所以我在討論文學和革命的關係的時候，我始終承認文學和革命是一致的，並不是兩稱的，文學與革命是一致的，並不是兩立的。……革命文學倒不一定要描寫革命，讚揚革命，或僅僅在字面上多用些炸彈，手槍，幹幹幹等字樣，無產階級的理想，要望革命文學家點醒出來；無產階級的苦悶，要望革命家實寫出來。要這樣才是我們所要求的眞正的革命文學。」他是正式提出文學與革命是一致的，而非兩種的，同時也是高揭無產階級革命的大旗的人。

III 結論

以上四家的學說，雖說彼此的立場不同，但是都各有其特殊的見解，對於文學界的影響都很大。現在我們就以上兩部分來作結論吧。

（一）文學是時代的產物：一時代有一時代的文學，不論文字的死活問題，及體裁的新舊問題，都可說逃不出胡適的歷史演進說去。顧炎武在日知錄上說過：『三百篇之不能不降而爲楚辭，楚辭之不能不降而爲漢魏，漢魏之不能不降而爲六朝，六朝之不能不降而爲唐，勢也。』這裡所說的「勢」，就是歷史的自然演進。所謂新舊，是價值估定的新舊，在一種文學作某時代的先驅時，當然是新，時代改變了，它就自然變舊，這是文學自然演進的趨勢，當中並沒有判然的鴻溝。所謂文學的死活，也是隨着時代而轉移，死的過去了，活的方能來，也用不到我們迷戀骸骨，一定要謀死文學的復甦。

（二）文學是社會的寫照：社寫是多方面的，過去傳統文學的錯誤，只供一般文人學士的特殊階級去享受，結果造成了貴族的廟堂文學，那只是社會的一角，而非社會的整體。我們的新文學，應該是大多數平民都能享受的，描寫的體裁，也應該是社會的多方面；這種平民化的社會文學發達，其流風所披，對於社會的影響，必能收到潛移默化之功。我們雖不必高揭社會改良的大旗，而社會自然會改良的。

(三)文學是人生的反映：人生是多方面的，大體分之，不外人與非人之別。凡是由人生中親炙過一番，而由眞摯的情感，和豐富的想像中，滲透出來的作品，眞正是言出由衷，不是作的假惺惺阿諛頌讚的文章，純粹說的違心話，那末這就是人的文學了。當然取材方面，由公子王孫，佳人才子，推到社會一般地痞流氓，都是描寫的最好材料。

(四)文學是時代的前驅：我們都知道文學是歷史的結晶，由過去固有的文化，研究考查他，取其精華，剔其糟粕，而產生一種新的適合社會時代潮流的文學出來。每一種民族的革命前夜，都是有一般高明的文學家，在那裡先作震聵發聾的鼓吹，後來洶湧如潮，自然產生偉大的革命。文學家只要不囚禁在傳統的「狹的籠」中，以先知覺後知，以先覺後覺，文學與革命是相輔而行的理論，也就可以証明了。

第二章　新文學運動的起源

I 新文學運動與歐洲文藝復興

文學是時代社會的產物，和社會政治變革，有密切的關係，這次中國文學革命的興起，與歐洲文藝復興極相似，今將二者比較列下：

（一）文藝復興的演變：古希臘抒情詩需要歌唱，（是個人的）史詩是讀給人聽，（貴族的）詩劇是宗教的典禮，可以表演，（民衆的）由形式及內容去考查，起源皆由於實用。這是中外文學起源的通例。

柏拉圖出，列詩人靈魂爲六等，尊崇哲人。哲學主張完全是唯心論者，講文藝卽爲一功利主義者，以文藝爲改良政治的工具。他列人類靈魂如下表：（一）哲學家，（二）王及大將，（三）政治家，經濟家，商人。（四）運動家，醫生，（五）預言家，（六）詩人與善於摹仿的藝術家。柏氏的主張，我們可稱之爲理想的詩人，他的錯，是一般理想家的錯。柏氏認文學只予人以快樂，未必有實際的利益。他是輕視以美爲依歸的文學的。

亞里士多德出，也是主張摹仿論者，但他在詩學中解釋摹仿，即爲「學習」，抬高藝術的價值，以激動情感，宣洩情感，爲文藝的功能，乃亞氏最大的貢獻，詩學及修辭學完全如此主張。亞氏所言悲劇的三一律，即「時間，地點，動作」完全一致，爲後來古典文學的信條，這是古典文學的創始時代。

希臘化的文藝思想，完全爲摹擬的。羅馬是偉大的，光榮屬於希臘，文藝由創作時代，進而爲研究時代了。因羅馬人的精力，都用在國家的建築上，不肯用全力研究文藝，羅馬文學惟一特點，即充分表現愛國主義，以發展他「神聖羅馬」的精神。

中古時代，是基督教發展時期。中古的精神，是來世的，使古典主義的現世精神，不能持續下去。當時哲學家，又喚詩藝之神，「爲劇場的邪魔」，宗教大師，擁護此說，文藝因而不振。當時拉丁文藝，充分發揮宗教教義，如聖經聖詩的拉丁文翻譯，目的爲講道，不必重視文學價值，可說是中古文藝，毀壞了古典主義，是文學遭受厄運的時期。

文藝復興運動，原義是再生，即要求解放的表現；也可說是人的能力的復興，及個人對於宇宙的自覺。學術復興，即將中古所毀壞的學術，完全復興；藝術復興，美術雕刻建築，均甚發展；經院派的反抗，將物與靈，神與人的觀念相溝通。成因：（一）封建制度的崩潰，

(二)美洲的發現，(三)印刷術發明，(四)東羅馬的陷落，與學者漸次西來。如今再把文藝復興的前後情形，畧述於後：

(一)文藝復興的前後：歐洲當中古時期，在聖奧格司特大帝歿後六百年之間，是歷史上有名的黑暗時代。當時政教不分，而且君王的即位，必須教皇行加冕禮，所以宗教的勢力，反駕乎政治勢力之上。當時野心的教皇，有的擴張自己的勢力，而事事故意和君王爲難。一般沒有野心的僧侶，也習於驕奢淫佚的生活，對於教義殊少發揮，甚至售贖罪劵，而演至賄賂公行。僧侶在當時操持法權，一切民事訴訟，歸其裁判，他的權威達到了極點，腐敗也就達到了極點。

在中古大混亂的時代下，羅馬帝國的遺留，全被摧毀，政治已漸漸走入封建制度中。教育成爲特殊階級的專有物，平民不能享受，因爲書籍藏於寺院，平民沒有讀書的機會，教育事業既完全被僧侶把持，又高揭「無知爲信仰之母」的大旗，而施行其愚民政策。人民的教育不發達，則個人自由永遠不能獲得。

當時的政府，不但不能解除民生的困苦，反而只征橫知暴歛，壓迫小民，人民受着雙重的痛苦，一旦有人發難，當然要叛變蜂起，國家的根基也要動搖了。

當時學問的中心點，是東羅馬帝國的首都君士坦丁，所講的一切希臘古學，都富有自由研究的精神。一四五三年君士坦丁被土耳其人攻破，一般學者都避難到意大利去，設私塾講授希臘古學，於是羅馬封建帝國崩潰了，學術的重心也移動了。自從十字軍東征失敗後，宗教的迷夢已漸覺醒，這時因爲各處有人講學，一切學術隨着興起，經院派哲學壟斷思想界的勢力摧毀了，人民的思想解放了，又恢復了自由探討的精神。

新大陸發現後，科學的信仰，漸深入人心，宗教的迷信完全覺悟，反抗宗教的來世觀，恢復了今世觀，並打倒宗教的禁慾主慾，人的自我意識，完全復甦。又因爲印刷術發明，一切學術的宣傳，極易廣被，壓迫了多年的人民，經過了這次大變亂，於是由黑暗時代，演成了歐洲的文藝復興，現時歐洲光輝燦爛的文明，就由那時奠下了堅固的基礎。

二 中國新文學運動的起因

一種運動的興起，决非一朝一夕就能勃興，必先有其背景與原因。這次新文學的運動，我們知道是時代的造成，現在把這次文學運動的潛勢力及起因，分述於後：

（一）文學演進的必然趨勢：平民文學是進化的，創作的，貴族文學是退化的，模仿的。

過去中國文學，第一期先秦的風謠時代，是純粹的平民文學。到了兩漢，政府豢養的文人，雖在那裡致力典雅的辭賦，然就文學本質論，遠不及兩漢平民樂府更有價值，更深入民間。到了魏晉南北朝時代，美文雖說達到了極點，但好的作品，却是魏晉南北朝的民歌。唐朝韓愈文起八代之衰，矯正了六期文風，但「文以載道」的主張，還是一貫着舊有的傳統文學思想。然而當時的詩人，受樂府民歌的影響，作品却近於平民化。至於佛經的翻譯，就採用通俗文字，不但是宋代語錄的先聲，也是白話散文的始祖。到了宋代，詞曲發達，詞句長短不齊，很近於白話的自然，當時大家如蘇辛等，也很能表現白話文學的佳妙。至於講學用的語錄，完全是白話文學。元代以異族入主中原，平民文學格外發達，當時戲曲大家，都以方言來寫作，一方面內容側重歷史及民間故事，便於平民的歌詠與上演，更是保持着濃厚的地方色彩，是白話文學的一大進步。明清以來，白話小說佳作如林，文字既是用的地道的白話，內容的取材，更含有民間文學的情趣，這種趨勢一直延長到民國初年，他的勢力，大過一切桐城派的古文。清末民初康梁輩鼓吹變法，爲宣傳便利起見，多採用通俗的文字，而陳胡等又以文學革命相號召，積過去多年的潛勢力，一旦爆發，於是造成了一種洶湧的潮流，舊的傳統文學，就正式結束了它的生命。

(二)海禁開放後外來的刺激：中國自古代以至清初，過的是閉關自守的日子，歷來朝代的變革，不過是統治階級的改名換姓，一切國政的設施，多半是因襲前代，所以傳統的貴族文學，始終成爲文學的正統。自從咸同以來，漸與外人接觸，一八四〇年的鴉片戰爭失敗，中國人妄自尊大的心理推翻了，直到清末，接連着演了許多喪權失地的慘劇，不平等條約的訂立，迫得中國不得不放棄閉關自守的政策。海禁大開，外人挾其科學的利器，在東方伸展他的勢力了。中國一般明達之士，鑑於國勢的阽危，想做傚西洋以自強，於是「維新」「革命」的呼聲，日盛一日。當時在政治方面，有一八九八的戊戌變法，同時在文學方面，也多討論時務的文字。在思想上不但有改革的精神，文體也打破歷來的束縛，而開創一種流暢活潑的新文體。康梁的文學改革，雖說是以之爲政治改良的宣傳工具，還談不到文學的革命，但是這種新文體，却爲後來的文學革命種下了一粒種子，是變演到後來文學革命的橋梁。

(三)政治改良的影響：辛亥革命之前，靠着文字的宣傳幫助不少，在政體未變之前，梁啓超王國維等，已然看到文字應有改良的必要，不過他們的政策，是屬於和緩派的，沒敢積極的提倡。自革命成功之後，民國的基礎奠定了，文學與政治改良及社會運動，既有密切的關係，文學的改良也就要應運而生了。由專制時代儒家思想的束縛人心，人民養成尊君信古的習慣，順民思想佔據了每一個人的心理。一旦改成了民主政體，思想自由解放了，對於過去固有的思想及文化，完全拿來重新估價，貴族文學的破綻既經揭穿，於是新文學的意識重新抬頭，文學上當然要起一番劇烈的變化。所以胡陳等高舉文學革命的大旗，正式標榜「國語的文學，文學的國語」，於是全國有識的青年，就完全奔赴到旗幟之下，終於勝過當時古文學家的駁難，而形成一個時代的主潮了。

(四)廢科舉與學校的影響：中國過去在專制時代，就利用科舉以收束人心。自漢代「通一藝以上者皆舉」的辦法施行，小百姓要想得官做，非習六藝五經不可。到唐代以試帖詩取士，演到明清以八股文科士，它的勢力整個支配着讀書界的思想。這種只重模仿不必創作的制藝文，既可達到升官發財的門徑，數千年來的文人，愛着惰性的支使，群習這束縛思想的科舉文，而不自知其苦。科舉的勢力，由漢武帝時代起，到如今足有二千年，當中只有元朝停了將近八十年的科舉，白話的戲曲文學就盛行一時，到明朝科舉恢復了，古文的勢力又捲士重來。自清末科舉永遠廢除了，白話文學就又跟着發達了。同時興辦了學校，以學校教育來推行白話文學，正和過去以政治獎勵科舉一樣。過去視為文人末技的小說，是被學校選作了課本教材，同時以白話文作達意表情的工具。經了這樣的提倡，所以白話文學就整個的代替了古文，佔了文學的正統。

（五）西洋文化的輸入：自清中葉海禁大開以後，清朝有識之士，羨慕人家的科學發達，於是前張之洞李鴻章一般人，主張「中學爲體，西學爲用」，在科學方面，竭力效法他國，以求銳意圖強。當時西洋新文化輸入，中國人才知道人家的學術文化，也遠勝於我國，基督教首先在中國設立大學，宣道之外，也介紹過不少的新文化。用普通話翻譯聖經，就是當時最明白淺顯的白話文。梁任公自戊戌變法失敗後，蟄居日本，專心著述，達爾文的進化論，盧梭的自然主義，以及外國許多平等自由的思想，介紹的不少，飲冰室文集，在當時就是最有勢力的一部書。此外嚴復的介紹天演論，林紓翻譯西洋文學，胡適介紹易卜生思想，陳獨秀介紹馬克斯學說，對於當時的思想界，都起過劇烈的激動，這種輸入的新文化，稱爲新思潮，對於後來的文學革命，間接直接都有很大的影響。

（六）留學生的派遣：鴉片戰爭以後，中國屢經失敗，知道外人船堅礮利，想效法人家。先時在上海設立製造局，後又在北京設同文館，末後又想起派遣留學生來。但當時中國重視本國精神文明的人，輕視這種洋務，所以最初派遣的留學生，在外國領了官費之後，只知養尊處優，有許多的行爲給外人留下不良的印象。這種人回國之後，當然談不到對祖國有所貢獻了，這是中國初期遣派留學生的失敗。後來到清末民初，所考的官費留學生，比較嚴格，這次新文學運動，多半是這一期的留學生所提倡。例如新文學運動中的領袖，魯迅周作人以及郭沫若郁達夫成仿吾，是留學日本的；胡適之是留學美國的；劉半農是留學法國的。這般人對本國固有的學術，已有深刻的認識，一與西洋學術思想相比較，深覺到我國學術的落後，及其種種的缺點。他們明瞭了中西文學的優劣，歸國後積極提倡新文學，所以才一舉成功，風靡一世。

(七)國語統一運動的影響：中國這次國語的統一，雖說是最近的事，然而他的根源却是很久了。在明末時代，外國人初來中國，學習華語，便用羅馬字母來注音，到清代變法自強時，許多白話的報章，盛行起來，他們的意思，是拿通俗的文字，來震醒一般沈睡的中國國民，還沒有想到漢字的改革問題。後來直隸王照的官話字母，與浙江勞乃宣的簡字譜，由政府的提倡而盛行，這是由文學形式的解放，進而到語言文字形體的解放了。民國元年「一九一二」教育部召集讀音統一會，議定注音字母三十九個。以後並設注音字母傳習所，及國語研究會，到一九一八年，教育部正式公布注音字母，同時設國語統一籌備會。這時期正是文學革命運動風靡全國的時期，無形中也推動了國語文學運動。國語運動是用國語爲普通教育的工具，而國語文學運動，就是以國語爲創造文學的工具。

III 中國新文學運動與歐洲文藝復興的比較

中國的新文學運動，較後於歐洲的文藝復興約四百五十年。看了以上兩節的敘述，知道兩種運動的興起，都是因爲政治腐敗，社會黑暗，經濟紊亂，民生困苦而起。有了內在的不健全，一旦受到外來的刺激，整個國家的基礎動搖了，就自然的發生根本的改造，歐洲的文藝復興是如此。中國這次文學革命，也是由於政治的黑暗，屢次喪權辱國，而過去儒家思想的束縛人心，本身又有許多的缺點，一旦有人高揭反抗之旗，自然使天下聞風響應，舊有的勢力，就非摧毀不可。

第三章　新文學運動的經過

I 新文學的提倡者

（一）前期文體的革新：這次文學革命的成功，遠源在一千多年前，已經種下白話文學的種子，直到民國初年，一般文人的作品，已都傾向於白話，不過這時白話文學的旗幟，尙未顯明。當時古文家林紓是桐城派忠實信徒，章太炎作文直追周秦，王闓運作詩力摹漢魏，這般人獨彈獨唱，和者甚寡，勢力甚微。梁啓超在日本辦新民叢報，首先解放文體，間雜用日本譯語，因爲他筆端常帶情感，頗爲時人所愛誦。康有爲自公車上書，以迄亡命海外，他的文章在當時也很有勢力，如所作新學僞經考和孔子改制考，都是震動當時思想界的著作，康梁的文章可以說是桐城派的變種。章士釗也是由桐城派出來的，不過他是研究論理學的，講求文法，又受章太炎及嚴復的影響，改變爲自然的古文義法，所作政論文，最有條理，已然到了完備的境界。當時黃遠庸張東蓀李大釗李劍農高一涵等，都競作這種修飭謹嚴，而合邏輯的論文。論到當時的思想家，以王國維最有革命的眼光，他對於前人不重視的小說戲曲，都加以精密的系統研究，且能澈底揭出小說戲曲的眞正價值來。紅樓夢評論宋元戲曲史，都是他人所不能及的傑作。所以論到文學革命的前夜，以梁王為先驅，也不是過譽之辭。

（二）胡陳的提倡：這時的文學運動，雖說潛勢力很不小，但是首先高舉義旗的，却是胡適。胡適生於安徽績溪以「漢學」著名的胡氏家庭，在幼年對於中國舊學有了很好的根柢，留美以後，接近了歐美文化，深覺到中國文學有許多的缺點，有改革的必要，就時常作些白話詩與朋友商討，當時的朋友頗不以為然，甚至有的對他加以譏笑。他先和朋友通信討論，後來在新青年上先後發表了幾篇文章，對新文學才有了具體的方案。陳獨秀首先響應，錢玄同劉半農魯迅周作人也群起聲援，於是這次光榮的新文學運動成功了。他在民國六年一月的新青年上，發表了文學改良芻議。他說：「文學者應隨時代而變遷者也。一時代有一時代的文學，……因時進化，不能自止。唐人不當作商周之詩，宋人不當作相如子雲之賦，——即令作之，亦必不工。逆天背時，違進化之跡，故不能工也。……以今日歷史進化的眼光觀之，則白話文學之為中國文學之正宗，又為將來文學必用之利器，可斷言也。」在文章裡並提出八不主義：「一、不做「言之無物」的文字。二、不做「無病呻吟」的文字。三、不用典。四、不用套語爛調。五、不重對偶：——文須廢駢，詩須廢律。六、不做不合文法的文字。七、不摹倣古人。八、不避俗語俗字。」繼續着同年二月陳獨秀發表了文學革命論，所標的三大宗旨（說見前），較胡適更爲旗幟鮮明。

陳獨秀本來不是一個文學家，他是一個文化批評家，或者是文化運動的啓蒙家。他對於中國舊有的傳統思想，攻擊不遺餘力，中國過去統治人心的舊道德，發生根本的動搖，不能不說是陳氏所首倡。後來他思想變爲過激主義，失掉大多數人的同情，結果提倡文學革命的榮冠，歸胡適一人來戴了。後來民國七年胡適又發表了建設的文學革命論，才改變以前半消極半積極的主張，明白的建設積極的新文學方策。他又修改八不主義，用肯定的口吻，說出四項積極的方法。「一、要有話說，方才說話。二、有什麼話，說什麼話；要什麼說，就什麼說。三、要說我自己的話，別說別人的話。四、是什麼時代的人，說什麼時代的話。」

這時候的文學革命，是謀國語文學的建設。他們的主張，只是文體上的改革，使全國的文學，都變成白話的文學。因此胡適才標出「國語的文學，文學的國語」來。但一經贊成和反對的人激烈的論爭以後，新文學的意義，以及內容和形式的革新，才漸具體化而合於實用了。胡適在建設的文學革命論裡，論創造新文學的方法，步驟有三：（一）工具，（二）方法，（三）創造。關於創造工具的方法有二：（甲）多讀模範的白話文學，（乙）用白話作各種文學。對於構造文學底方法分三：（一）收集材料的方法，（二）結構的方法，（三）描寫的方法。——這篇文章是新文學運動一個具體的方案。自從這篇文章發表了，各方的人都很注意，贊成的作文來響應，反對的也就竭力施以反攻，一時各定期不定期的雜誌報章上，都刊載討論這個問題的文章，眞是洶湧如潮，極一時之盛。經過了一陣大混戰之後，新文學的壁壘，才漸次鞏固起來。

（三）蔡元培及新潮社的聲援：這次新文學的發祥地，是那時全國最高學府北京大學。北大自蔡元培長校以後，力加整頓，當時研究學術的空氣很濃厚。蔡氏辦學是採歐西各國的通例，開思想自由之門，所聘教授也是兼容並包，由漢學家的劉師培，到今文家的崔適，以至守舊派的辜鴻銘，都被他羅致了去。當時文科學長是陳獨秀，文科的哲學教授是胡適，邏輯教授是章行嚴。那時教授的言論思想，都可自由的發表，至於學生聽信那種學說，也聽其自便。於是對於新文學運動的問題，在北大的教授與學生間，形成了敵對的局勢。蔡氏本人是贊成白話文的，他曾說過：「我們不能不改用白話」，及「我敢斷定白話派一定佔優勢」的話。他爲提倡起見，也改用白話作文。那時還有任鴻雋朱經農的折衷主張。但經胡適和他們往返通函討論，不久這派人也漸漸轉變過來了。

當時發表文章的雜誌，以新青年爲大本營，此外尚有陳獨秀辦的每週評論，北大學生羅家倫傅斯年楊振聲康白情俞平伯汪敬熙等辦的新潮，都是用的白話文，不久連各報章雜誌也都相繼採用白話文了。北大內部的教授和學生，也出了國故等刊物，專為反對白話而擁護文言。當時曾有人想利用安福系的政客武人，來鎮懾這種運動，謠言說政府要出來干涉了，說胡陳已被驅逐出境了，他們想運動安福系的國會，出來彈劾教育部長及北京大學校長蔡，後來都歸失敗。

II 反對派的論調

（一）林紓的反對：當時反對最有力的是古文家林紓，他曾寫過一篇小說荊生，是痛罵提倡新文學的人的，現在抄錄一段原文，看看他當時憤恨的心理吧：

「趯足超過破壁，指三人曰：「汝適何言？……爾乃敢以禽獸之言，亂吾清聽！」田生尚欲抗辯，偉丈夫駢二指按其首，腦痛如被錐刺，更以足踐狄莫，狄腰痛欲斷。金生短視，丈夫取其眼鏡擲之，則怕死如蝟，泥首不已。丈夫笑曰：「爾之發狂如李贄，直人間之怪物。今日吾當以香水沫吾手足，不應觸爾背天反常禽獸之軀幹。爾可鼠竄下山，勿污吾簡……留爾以俟鬼誅！」這裡的田必美是指陳獨秀，金心異是指錢玄同，狄莫是指胡適。三個人聚於陶然亭，田生罵孔子，狄生主張白話，才從隔壁來了偉丈夫（暗指林自己），把他們痛罵狠打一頓。此外還有一篇妖夢，用元緒影射蔡元培，陳恒影陳獨秀，胡亥影胡適，情節是痛詆他們三人的。

當時擁護文言的，有汪懋祖致胡適函說：「兩黨討論是非，各有其所持之理由，不務以眞理爭勝，而徒相目以妖，則是滔滔者妖滿中國也。」這裡所說的妖，是指林紓目胡陳輩爲妖，而錢玄同稱古文家爲「桐城謬種，選學妖孽」而發的。他在信裡痛詆新青年爲：「村嫗潑罵，似不容人以討論者，其何以折服人心？」其實就兩黨的文章論，新文學的提倡者，始終沒有離開學者的立場，平心靜氣的來討論是非，反倒是林紓「村婆罵街」的在那裡嘵舌不已。

在民國八年，林紓致書蔡元培，責備北大教授不該領導學生「覆孔孟，剷倫常」，盡廢古書，而用「引車賣漿之徒」所操的土話；末後更說「全國父老以子弟託公，願公留意，以守常爲是。」蔡氏答書逐條駁覆。當時新青年不但提倡新文學，對於提倡新文化介紹新思潮，也很注意，一向被人尊重的孔子，這時有人指責他是文化進步的大障礙了，當時在反孔的旗幟下，立論最精，攻擊最力的就是吳虞。支配中國思想的孔子學說，根本動搖了。由這種懷疑精神擴大到社會上的各種問題，於是由文學的改良，變而爲新文化運動了。中國最光榮的五四運動，也是受了這種風氣的影響造成的。

當時的古文家還有嚴復，曾譯過赫胥黎的天演論，他相信優勝劣敗的天演公理，承認古文是不會亡的，雖有千萬陳胡錢亦無能爲力，抱定容忍主義，聽新文學運動者之自鳴自止，而笑林紓作了論古文之不當廢，與之較論爲多事。這第一期的阻碍未見成功，於是學衡派的襲擊又來了。

(二)學衡派的反攻：學衡是民國十年由吳宓胡先驌梅光迪諸人主辦的。他們是攻擊文學革命的，胡先驌在東方雜誌上發表中國文學改良論說：『自陳獨秀胡適之創中國文學革命之說，……風靡一時。……而盲從者，方爲彼等外國畢業及哲學等頭銜所震，遂以爲所言者在在合理，而視中國文學果皆陳腐卑下不足取，而不惜盡情推翻之。……彼故作其堆砌艱深之文者，固以艱深文其淺陋，而此等文學革命家則以淺陋文其淺陋，均一失也。……某不佞，亦曾留學外國，寢饋於英國文學，畧知文學之源流，素懷文學改良之志，且與胡適之君之意見多所符合。獨不敢爲鹵莽滅裂之舉，而以白話推倒文言耳。』他的文學改良論是主張在文言範圍內改，不主張推翻文言全用白話，這是最初兩派主張的不同。

到後來文學革命越來越積極，非打倒死文學的文言文不可了，胡先驌梅光迪輩擁護文言而反抗白話的旗幟也越鮮明了。胡先驌在學衡上說：『胡君(適)……以過去之文字爲死文字，現在白話中所用之字為活文字，……而以希臘拉丁文以比中國古文，以英德法文以比中國白話，……以不相類之事相提並論，以圖眩世欺人而自圓其說，予誠無法以諒胡君之過矣。……希臘拉丁文之於英法德文恰如漢文與日本文之關係。今日人提倡以日本文作文學，其誰能指其非？胡君可謂廢棄古文而用白話文，等於日人之廢棄漢文而用日本文乎？吾不知其然也。」這種主張經胡適駁倒了。

　梅光迪也發表過反對白話文的主張，他在學衡上作文說：「吾國文學，漢魏六朝則駢體盛行，至唐宋則古文大昌，宋元以來，又有白話體之小說戲曲。彼等乃謂隨時代而變遷，以為今人當興文學革命廢文言而用白話。夫革命者，以新代舊，以此易彼之謂。若古文之遞興，乃文學體裁之增加，實非完全變遷，尤非革命也。誠如彼等所云，則古文之後當無駢體，白話之後當無古文。而何以唐宋以來文學正宗與專門名家皆為作古文或駢體之人，此吾國文學史上事實，豈可否認以圓其私說者乎？」胡適反駁說：「正為古文之後還有那背時的駢文，白話已興之後還有那背時的駢文古文，所以有革命的必要。若古文之後無駢體，白話之後無古文，那就用不着誰來提倡有意的革命了。」在討論新詩時，兩派也攻擊得很厲害，但是學衡派的反攻，都經胡陳等一一戰敗了。

(三)甲寅派的餘波：自林紓以至學衡派的反對，在前邊已然論到了。到民國十四年段執政時代，章士釗又在甲寅上攻擊白話文，但這時新文學的根基既漸穩固，這個「老虎報」雖說來勢甚猛，又挾着他司法兼教育總長的威權，也無可如何了。章士釗大權在握之後，要當官而行，義無所讓，先後發表他「敦詩說禮孝弟力田」的人生觀，「農村救國」的政治經濟思想，「讀經救國」的教育政策，同時倡「禮文約束論」，要恢復舊道德。你說他舊，他承認是調和的主張；(見進化與調和)你說他反動，他便以反動自居；(見反動辨)你說他開倒車，他便和你談開倒車。(見說輭)胡適說他的理由不值一駁。許多人都作文章攻擊他，倒是吳稚暉的「放屁文學論」和章士釗的主張「立言」，往返辨駁，煞是有趣。章士釗以前的甲寅，在古文範圍內革新，給後來文學革命一種暗示，自有他相當的地位。後來想根本推翻這種新文學，只得使吳稚暉替他發喪了(見友喪)。章氏在文學史上的地位，也就成爲過去了。

第二編　最近二十年文壇鳥瞰

第四章　由五四到五卅的文壇概況

從民國六年胡適發表了文學改良芻議以來，到今年恰滿二十年。在這短短二十年的歷史中，我們有「五四」運動，有「五卅」慘案，有「北伐」戰事，有「九一八」「一二八」事件。每一次事件的發生，接着就是一個新時代的到來。

文學是社會的反映，二十年的中國文學，正和社會的變革一樣，曾經湧起過許多種的文藝思潮，產生過許多種的文學革命，由歷次的文藝思潮和文學運動，我們可以推出它社會背景的來由。現在就二十年變化不定的中國社會，看看影響二十年的中國文學如何吧？

五四以前的社會背景；二十年來的中國文學，最光榮的第一頁，是「五四」運動文學革命的成功。文學革命運動發生了，中國文學才正式進入一個新階段，舊文學的束縛完全打破，新文學新的建設和創造的精神，才正式出現在這個時代。這樣重大事件的發生，當然有它的社會背景在。

中國自雅片戰爭以來，舊有的封建勢力，已爲國際資本主義所吞噬，封建的農村社會已開始動搖。歐戰期間，帝國主義者正忙於爭奪地盤的殘殺，對於中國經濟的攫取，不得不暫時放鬆，中國的社會也就進入前期的資本主義時代。

資產階級的意識既已覺醒，當前的任務是向殘餘的封建階級意識進攻，塞因斯先生和德謨克拉西先生，就是他們當時所用的武器。而封建時代遺留下來的文言，實在說不出德賽二先生的話，這種封建意識的形式表現，反成了「布爾喬亞」的桎梏，由於這種矛盾，才釀成一種文學革命——白話文學運動。所謂文學革命運動，就是資產階級的文學運動，也是資產階級的代言者，應用新的表現工具——白話文，向封建階級的代言者——文言——鬥爭的運動。

新文學革命雖發生於「五四」前後，但以前早已經過一個醞釀時期，在前章已然敘述了。新文學運動的大本營，是新青年的作者，所奉的導師，一位是代表民主政體平等自由精神的德先生；一位是代表破除迷信尋求眞理精神的賽先生。當時的戰將有陳獨秀胡適之錢玄同周作人劉復沈尹默魯迅諸人，魯迅時作小說，胡周劉沈間作新詩，大半的論文，注重新文學理論的探討及提倡。他們對封建的傳統文學進攻，連支配中國數千年的綱常倫理，也用新時代的眼光，給他一種新價值的估定，他們的態度的澈底和堅決，遠非清末民初的梁任公章行嚴等人所可及。

社會的諸條件既然成熟，資產階級的意識已然覺醒，反映社會的文學自然也隨着變動。那時的文學革命就提出「反對封建的貴族文學」，和「建設自由的平民文學」的口號。因爲舊文學充滿着封建思想，它的形式是模仿的，趣味是貴族的，所以要推倒它，建設一個有自由思想，尊重個性的創造文學。當時響應的固不乏人，而反對的也大有人在，在前章已然論到由林紓到甲寅的反攻，但不久都消沉下去，新文學才算無疑地代替了貴族的傳統文學，成爲文學的正統。

五四運動與新文化運動的影響：在新文學正在醞釀的時期，空前的五四運動在北京爆發了。這次雖說是學生的愛國運動，而間接有助於新文化的傳播，當時一般求知慾很盛的青年學生，覺悟了過去中國舊有學術的落後，對於一切舊制度及舊道德發生不滿，而渴於求歐美新思潮新文化的新知識，於是許多學術團體組織成功。各種定期不定期的刊物，風起雲湧，盛極一時；外國書籍的翻譯，也成了當時一般學者應負的責任。

五四運動既是中國劃時代的一種運動，當時參加新文學運動的主要刊物，先時有新青年每週評論和新潮；以後有主力軍的文學研究會，創造社。此外還有少年中國學會，未名社，語絲社，文學週報社，晨報副刊社，藝林社，中華學藝社，上海戲劇協社，南國社，新月社等團體，一時文壇上呈現異樣的光輝。這種社團，大半附帶着發行刊物。除掉商務中華幾家老書局外，如較爲著名的北新開明現代世界新月光華神州國光社，都是在五四運動以後先後成立的，對於新文學運動的傳播，也是非常積極。

在文學研究會及創造社還未正式成立以前，除新青年及新潮外，當時有名的刊物，如研究系辦的晨報，創始於五四前一年，副刊對於傳播新思潮新學術就很有力。冰心及徐志摩的詩，魯迅的著名的阿Q正傳，及周作人林語堂的散文，蒲伯英陳大悲的劇戲，冰心廬隱許欽文前期的小說，都是在該刊發表的。

上海時事新報的副刊學燈，也是創始於五四以前，主編人爲張東蓀，內容偏於哲學文藝及其他學科論文，撰稿人如梁啓超張君勱劉海粟吳稚暉何仲英等，都是學術界知名之士。此外郭沫若宗白華徐志摩王獨清等，也時常發表詩文。該刊在五四運動時代，對於新文學的提倡也很有功績。

少年中國是創刊於五四運動那一年，爲少年中國協會主辦的非純文藝的機關雜誌。內容多偏於社會改造，以及政治教育科學等文化的介紹。但是該刊出過兩期詩的專號，此外還發表了太戈爾傳，詩人與勞動問題，新詩的我見等，都是對於提倡新詩最爲有力的文章。常發表稿件的有田漢黃仲蘇余家菊左舜生周無等人。

在這時期的最好成績，是對於新詩的試驗。當時胡適的嘗試集出版，幾乎人手一編，以後又出康白情的草兒，俞平伯的冬夜，汪靜之的蕙的風。直到郭沫若的女神出現，那種奔放的氣魄，和火熾的熱情，較嘗試集等進步了許多，新詩的根基漸次穩固，反對新詩的人，也不能否認它的價值了。後來冰心的春水繁星，及宗白華的流雲出版，小詩的流暢自然，當得起是品瑩的藝術品了，新詩才漸走入成熟的時期。

文學研究會：五四運動後，新文學運動大體算是成完了。新青年後來因爲改變了宗旨，新潮不久也因領導的人畢業離校不能延續下去。以後文學團體，是以文學研究會及創造社爲中堅。文學研究會是民國九年北京的一般愛好文藝的人，計劃着要出一種雜誌，藉以發表文學的創作，介紹外國的文學，先要成立一個團體，爲的對外交涉便利。當時會員沈雁冰正應商務小說月報的編輯主任，想澈底改革內容，多登載同人的作品，北京的同人開第一次籌備會，公推鄭振鐸起草文學研究會會章；第二次開籌備會，公推周作人起草文學研究會宣言，在北平各日報上登載，徵求會員。當時發起的宗旨有三：(一)聯絡感情，(二)增進智識，

㈢建立著作工會的基礎。列名的發起人，有周作人鄭振鐸沈雁冰郭紹虞朱希祖瞿世英蔣百里孫伏園耿濟之王統照葉紹鈞許地山等。該會正式成立之後，會員很努力於創作研究及翻譯的工作，主張「爲人生而藝術的文學」，當時國內有名的文學家，幾乎都加入該會。他們發表作品以小說月報爲地盤，此外由同人編行了一種文學週報，並在商務發行叢書數十種，頗受愛好文學的青年所歡迎。當時在北京上海廣州等處都有分會，勢力雄厚，在文壇上擁有絕大的權威。自「五卅」爆發以後，中堅分子有的另組新社，單獨向外發展，到了「一二八」戰事發生，商務被燬，該報停刊，至今還沒聽到正式復刊的消息。

論到初期創作小說，以文學研究會主編的小說月報爲最好，魯迅在新青年發表了狂人日記，當時很使人注意，後在晨副上發表了阿Q正傳，文筆的冷雋，技巧及思想的成功，在國內外的文壇上震動了一時，後來集和小說月報上發表的小說編成吶喊，在中國新小說史上佔重要的一頁，在新文學園地裡，也算是傑出的奇葩。無怪連最恨他的西瀅先生也讚揚不止。

冰心除去發表新詩外，在晨副也常寫小說，後在小說月報上發表了超人，那種自然瀟灑的文筆，和溫柔細膩的味道，也曾煊赫過一時。她的作品不外寫母愛及兒童的天眞，和海的偉大，當時有人說冰心的生活是啞鈴式的，一端是家庭，一端是學校，的是確論。她的作品多是性靈的抒寫，與人生和社會則殊嫌隔膜了。當時同名的女作家，還有廬隱，她的作品多寫個人愛的私生活，是與冰心迥然不同的。

小說月報初期由民九到十一，由沈雁冰編，重要撰稿人，除上述魯迅冰心廬隱外，周作人沈雁冰（後署名茅盾）耿濟之鄭振鐸等，多介紹西洋文學理論及翻譯。當作小說的有葉紹鈞落花生（即許地山）王統照等人。由民十一到民十六由鄭振鐸主編，撰稿人除上述者外，尙有徐玉諾謝六逸朱湘朱自清梁宗岱孫俍工趙景深顧頡剛王魯彥等。除創作外，對於西洋文學的翻譯也很努力。

創造社：創造社的發起，是先由愛好文學的私人的討論，由一九二二創造季刊出版了，團體的活動才正式成立，是被人稱爲異軍突起的隊伍，在中國文壇有特殊的貢献。主要人物如郭沫若郁達夫張資平成仿吾田漢鄭伯奇等，都是日本留學生，他們對於舊派的梁啓超張東蓀章士釗，固然處在敵對的地位，即對於文學研究會也常發生糾葛。因爲在文學研究會籌備時期，曾有某君給日本的田漢寫信，轉請郭沫若郁達夫等加入，田並未轉信給郭郁，也沒回信，後來文學研究會邀請郭郁等加入，遭了辭謝，兩社便種下嫌隙的種子。當時文學研究會雖說聲勢浩大，但份子確太複雜，創造社對於新營陣中的投機份子和粗製濫造者，加以苛酷的攻擊。如成仿吾的詩的防禦戰，對於胡適周作人康白情俞平伯徐玉諾的詩，都有嚴厲的批評，其他對冰心的超人，許地山的命命鳥，王統照的一葉，也都加嚴格的批評。尤其在翻譯方面，被創造社批評得更是體無完膚。創造社主張「爲藝術而藝術的文學」，作品都含有激蕩的熱情，很受一般青年的歡迎。初期刊行季刊及週報，此外還有幾種刊物。到一九二九年，創造社內中的主要角色有過激嫌疑，遭了封閉，刊物停止，這個團體的活動也隨着壽終正寢了。

創造社可分爲兩期，以五卅以前爲第一期，五卅以後爲第二期。第一期發行的刊物有季刊及週報，主將郭沫若兼寫詩文小說，作品富有熱情及革命的精神。郁達夫則專努力創作，所寫多青年人性的苦悶，及受經濟的壓迫，頗受當時讀者的歡迎。張資平多寫戀愛小說，最早也風行一時，現時是沒人過問了。成仿吾專作「防禦戰」的論文，一時有「黑旋風」的綽號，引起社外的論爭不少。此外撰稿的人，還有王獨清穆木天周全平葉靈鳳鄭伯奇蔣光慈等，是當時文壇上的一枝生力軍，影響青年的思想，較文學研究會大得多了。由創造社分支的，有田漢與其妻易漱瑜組織的南國劇社，刊行的南國月刊及週刊，提倡新寫實主義。一九二四創造季刊停刊，上海主要的社員分散，葉靈鳳潘漢年等組織幻社，刊行了幻洲及戈壁，倪貽德夏萊蒂等刊過火山，但不久不是停刊便遭查禁。

其他：在這一期除文學研究會及創造社外，還有幾種文學團體很活躍。北平的晨副本由孫伏園主編，後因爲魯迅的打油詩我的失戀一稿，被經理私下抽出，憤而辭職，糾合三十多人創辦語絲。撰稿的人除孫及其弟福熙與周氏弟兄外，尚有顧頡剛魏建功錢玄同林語堂章衣萍吳曙天李小峯馮文炳鍾敬文江紹原等。初時印刷費本由社員分担，後因銷路頗廣，反有贏餘，一時短小精悍的小品風行，在散文及小品文的提倡上，該刊功績最偉。

在這時期，還有非純粹文藝作品的刊物，也佔很重要的地位，一是胡適由民十到民十一主編的努力週報，撰稿人除胡適顧頡剛外，尚有高一涵丁文江張君勱錢玄同等，在當時是整理「國故」有力的刊物，顧頡剛古史辨的結集，多半是努力附印的讀書雜誌上討論古史的論文。

現代評論是北大教授陳西瀅等組織的非純文藝刊物，內容多討論政治的時事論評。撰稿人有胡適王世杰燕樹棠周鯁生陶孟和高一涵徐志摩丁西林凌叔華沈從文胡也頻楊振聲等人。後來因爲女師大校潮及章士釗的一千元津貼問題，和魯迅大鬧意見，互相攻擊，所謂「語絲派」「現代評論派」的界限，就由此劃分。

當時孫伏園主編的京報副刊，及魯迅糾合高長虹韋素園向培良韋叢蕪李霽野等人組織的未名社，刊行莽原，對陳西瀅一齊攻擊，論戰之烈，較之文學研究會與創造社之爭，熱鬧多了。新月出版的西瀅閒話，及北新出版李何林編的中國文藝論戰，就是那回論爭的結集。

戲劇：這一時期詩歌小說散文均甚發達，而戲劇的成績則不如遠甚。在北方提倡戲劇的人，如陳大悲蒲伯英辦的北京戲劇專門學校，蒲爲校長，陳爲教務長，他們最初在晨副及小說月報上常有作品發表，較後一點的有熊佛西丁西林與余上沅等人。在南方提倡戲劇的人，有田漢組織的南國劇社，田氏辦事完全主張獨裁，後來洪深加入，因爲意見不合又退出了。洪深後來指導復旦劇社，在學校劇團方面，開始了很好的成績。後來又同歐陽予倩谷劍塵汪仲賢等加入上海戲劇協社，成爲南方一個提倡戲劇最有力的團體。此外東南大學學生侯曜及濮舜卿，組織東南劇社，並且也寫過不少的通俗劇本。這一時期的戲劇運動大致如此。

此外還有許多文學團體及辦的出版物，不過成績都不及以上幾種社團的活動，因爲引不起青年的注意，不久也相隨着消沉下去。倒是自五四以迄最近，各地大小書局的成立，對於文化的推進，有莫大的幫助。一直到了今天，各地的書店書局及學校的出版部，更是有增無已，這是傳播文化的最好利器，也是中國文化前途的良好現象。

第五章　五卅前後的文壇概況

時代社會的背景：論到五卅前後的文壇概況，我們應當首先明瞭那一時期的社會背景。在五四前後的文壇中心在北京，五卅以後就移到了上海。北京的文壇雖說仍然有人在支撐門面，但總不及上海如火如荼的狂潮。自從五卅在上海爆發後，全國上下都受了很大的震動，接着有南方國民革命軍的北伐，各處民衆的聲援，及頭腦清醒的軍事領袖的反正，北洋軍閥的殘餘，如何也不能苟延殘喘了。於是對於北方言論大加箝制，學者名流相率南下，於是文化中心就由北方移到了南方。

在一九二六以前，北京在馮玉祥國民軍勢力下，言論自由，國民黨也很活動。到一九二六春，奉軍要到北京了，段執政府列了五十幾位過激的教授要通緝他們，一般知識份子都南下到上海或武漢。張作霖入了北京，邵飄萍林白水的被害，各種文學書籍的檢查，大有「談虎色變」之勢。直到一九二八革命軍攻入北京，張作霖出關被炸而死，南方文藝界正是怒濤洶湧，而北京的文藝界則仍是消沈荒凉寂寞，遠非上海情形的熱鬧。

但是北伐完成之後，不久對於所謂左傾的思想言論，也是一貫着壓抑的政策，於是當時的文學主潮橫遭打擊，不久也就消沈下去。到一九三一年就是文壇上最寂寞的一年，可說是由五卅以後的文學全勝時期，終止於此。接着九一八事變發生，一二八上海又遭浩刦，文學思潮也停頓了一時，待到上海市復興的時期，就到文學的變革蛻化時候。

文學革命與革命文學：五四以後的文壇，雖說興盛一時，舊文學的束縛完全打破，新文學的園地也開了不少鮮艷的花朶，但是由民八（一九一九）的「五四」，到民國十四年（一九二五）的「五卅」，時間很短，文學研究會和創造社正在開創的時期，還未見出有什麼驚人的成績。接着「五卅」慘案爆發了，這個晴天的霹靂，驚醒了安於故常的中國民衆。文學研究會小資產階級的人道主義，暴露過去封建社會的黑暗及權威，及創造社代替受性的苦悶及經濟壓迫者的哭訴，現時已不適合人們的感官了。冰心春水的情曲，徐志摩夜鶯的新歌，也沒人去理了。被壓迫下的中國民衆，覺悟到中國專制的魔王雖被打倒，而新興的資本帝國主義，更顯着可怕的猙獰面目，放射着逼人的兇焰。

在五卅以前郭沫若的作品，就很富有革命的熱情，蔣光慈並在新青年上發表過無產階級革命與文化，但時人浸沈於溫情的作品中，對於他們有意無意的提倡，都忽略了。現在時代變了，於是熱情奔放，充滿血淚的革命文學盛行起來。在「五卅」的次年改組的創造月刊上郭沫若發表了革命與文學，於是胡適等提倡的「文學革命」到現時告一結束，而正式成立為「革命文學」了，這也正和「五四」一樣，是劃時代的一種運動，而且意義更加深遠。「五卅」的怒潮似乎對文學研究會沒生影響，而且到了一九二七「北伐」時代，和創造社大起論爭，他們保持着過去的文學態度，來和革命文學為難，其情形不亞於五四以前的學衡和甲寅，對於新青年的態度了。所以論到這一期的文壇，不能不以創造社為代表。

由革命文學到普羅文學運動：資產階級的文學革命，爆發於「五四」，但是革命文學卻是起始於「五卅」。創造社的青年作家，感覺素來銳敏，文學也特別充滿着熱情，他們過去發表的文字，對於不滿現代社會的一切制度，常常施猛烈的攻擊。經過了這次「五卅」慘案，創造社第二期的活動開始了。郭沫若首先在創造月刊發表了革命與文學，正式提出革命的口號，隨着郁達夫發表了文藝上的階級鬥爭，表明了文藝應該站在階級鬥爭的立場，於是革命文學又騰囂一時。他們又辦了洪水，常刊載政治經濟的論文，於是新寫實主義的文學，唯物史觀的文學論，在當時成了時髦的口號。他們不但鼓吹革命文學，而且還參加實際工作。這裡值得敘述的，是創造社出版部的成立。前期發行季刊和週報，完全由泰東發行，因為受書店老闆的剝削，才想起集資組織出版部，這時的創造月刊洪水及叢書就由創造社出版部來發行，在後來郭沫若南下參加革命軍政治部的工作，郁張穆王成等也相率南下，只留了周全平成紹宗等人看守着出版部的營盤，照舊工作。不久由日本新近返國的馮乃超李初梨朱鏡我彭康等人加入，又刋行了文化批判，李初梨又舊話重提的寫了怎樣地建設革命文學，態度較郭沫若郁達夫更爲積極，他們要以唯物辨證法的意識淨化文壇，於是凡是屬於保守派的刋物，都先後和創造社起了論爭。

由創造社走出去的蔣光慈錢杏邨楊邨人等人，又組織了太陽社刋行太陽月刋，張資平開辦的樂群書店刋行了樂群月刋，都發表了不少關於革命文學的文字，當時鬥爭的情形，留在下節來講好了。這時創造社的主將郭沫若，因爲左傾到日本去避難，郁達夫因爲鬧意見，走出創造社合魯迅去辦奔流。革命的文學呼聲，隨着一九二九創造社被封，暫時停頓了。但是這種運動並不因壓廹而停止，於是接着又來了普羅文學運動。

普羅列搭利亞是無產階級的意思，這次的文學運動，由一九二八爲起點，到一九二九就嶄然露其頭角了。中國自從資本主義打進的那一天，社會上就有了普羅階級的出現，資產階級的逐漸培長，同時普羅階級也就日漸擴張。在北伐前後反帝反軍閥的鬥爭中，這般無量數的群衆，都先後貢獻過不少的力量。不過政治革命成功之後，資本主義又聯合了殘餘的封建勢力來作統治者，始終並沒顧及到無產階級的解放，這次因爲「五卅」的爆發，正是無產階級要求自行解放的時候，由這種意識反映到文學上，便醞釀成了這次的普羅文學運動。它的根源是由革命文學沿襲下來的。不過革命文學時代，還是資產階級和普羅階級聯合革命，無產階級的意識還不甚鮮明，因之文學上仍然有很濃厚的小資產階級的味道。後來因爲混合戰線的分裂，普羅階級才不妥協的轉向小產產階級進攻，普羅文學就是當時鬥爭的武器。

由一九二八到一九三〇是普羅文學的全盛時代，參加這種運動的，有郁達夫主編的大衆文藝，撰稿人有張資平龔冰廬馮乃超段可情葉鼎洛等。蔣光慈主編的新流月報及太陽月刊，撰稿人多是太陽社及創造社的中堅分子。葉靈鳳主編的現代小說，撰稿人有羅暟嵐戴平萬樓建南等。無軌列車的後身新文藝，撰稿人有戴望舒杜衡施蟄存劉吶鷗楊邨人林疑今等。較後一點的有魯迅馮雪峯合編的萌芽，撰稿人有姚蓬子魏金枝趙柔石張天翼韓侍桁等。蔣光慈主編的拓荒者，撰稿人有馮乃超錢杏邨華漢葉靈鳳戴平萬成紹宗龔冰廬等。這些刊物初時先是理論的鬥爭，多由日本及蘇俄介紹過來的。他們旣以文學爲勞動界鬥爭的武器，對於文學的創造，提倡新寫實主義，要用普羅階級前衞者的眼光觀察世界，要用嚴正的寫實者的態度來描寫，這是他們的理想標準。

文學研究會及其他：文學研究會仍然保持冷靜的態度，對於當時的革命文學運動表示不滿意而不參加。在創造社革命文學呼聲最高時，小說月報不但見不到這種探討的文字，而且還出中國文學研究專號，在這一點上可以看出他們的態度來。因此有一部分思想較為前進的人，就去另外組織團體，他們的機關雜誌小說月報上發表稿件的人，除去前期一部分人外，新近加入作詩的人，有朱湘高長虹李金髮燕志儁等，寫小說的加入老舍羅黑芷黎錦明滕固丁玲許傑胡也頻沈從文巴金章克標，此外還有李青崖趙景深傅東華等的翻譯。這斯朱湘的詩，和老舍巴金丁玲的小說是較好的，留到後來再講好了。

晨報副刊由徐志摩主編，內容大加改新，當時廣約作者，如梁任公趙元任陳西瀅聞一多余上沅郁達夫等都有文字發表，此外因投稿而漸被人注意的尚有多人，後徐氏去瞿世英代，直到一九二八革命軍快到北京，這個研究系的機關報，因為宗旨不合，才正式停歇。

語絲先時在北京，後因時局關係，又同北新書局移到上海，內容較先前充實，由魯迅主編，新加入的撰稿人有董秋芳韓侍桁冰禪甘人等。當時創造社太陽社的人，以為魯迅是代表過去小資產階級的代表人物，由錢杏邨的死去了的阿Q時代一文作導火線，兩方互相攻訐，差不多當時完全以攻擊魯迅為討論革命文學的中心，魯迅也用沈着的態度應戰，表明自己並非落伍，只是對於革命文學的態度不同。

新月月刊是由徐志摩羅隆基主編的一種非純文藝刊物，據他們的宣言說，該刊與新月社無關，與新月書店也只是印刷的關係；不過就內容及作者兩方論，是新月社的同人居多；且與現代評論的臭味相同的。該刊反對一切文學上的派別，只求維持文學的「健康與尊嚴」，這次的革命文學他們是公然反對，尤以梁實秋一人爲最力，所受他人的攻擊也最多。

現代評論的言論，在北京也不能自由發表了，又因爲執筆的許多教授，都相率南下，該刊亦隨之南下在上海出版。魯迅辦的莽原先爲週刊隨京報附送，後改爲半月刊，到廿四期始與京報分離，魯迅南下後，由韋漱園李霽野主持，改爲未名半月刊，除魯迅等人撰稿外，尚有曹靖華徐祖正劉復楊丙辰畫室戴望舒任國楨董秋芳等人。他們對於翻譯的貢獻很大，那時韋素園與李霽野合譯了俄國托羅斯基的文學與革命，竟遭當局之忌，捕去該社社員數人，後經審查知與中國政局無關才釋放了，由此可見當時言論不得自由的實況。

由革命文學混戰到左翼作家大聯盟：自從郭沫若蔣光慈先後提出了革命文學，那時文壇的中心是在上海，各報章上都是討論這個問題的文字，先時只是對於原理的探討，後來錢杏邨輩直接向魯迅進攻了，於是由原理的論爭，到了私人的攻訐與互罵。當時的所謂革命文學家，以魯迅爲小資產階級的代言人，認爲退化了的「青年叛徒的領袖，思想界的權威者」——魯迅，一日不打倒，文學也決不能向前邁進。他們說魯迅是醉眼陶然，慣用刀筆吏的筆尖，來挑剔風波，以樹其個人的聲威，並就「年紀，氣量，態度」三方面，說魯迅是不行了，這個偶像非打倒他不可。那時莽原社的高長虹因爲發表稿件的問題和魯迅鬧翻了臉，自己另行出版狂飆，後來也移到上海，在走到出版界裡，專以罵魯迅周作人弟兄爲主，他說魯迅只配作一個「世故老人」，魯迅的文名已成過去，現時是早已「自敲喪鐘」了。錢杏邨的意見也與此相近，說魯迅是等於「天寶宮女自述皇朝盛事」，李初梨焉乃超等也對魯迅施以猛烈的攻擊。

當時混戰的情爭，可分三派：(一)創造社太陽社以攻擊魯迅爲主體，旁及於文學研究會和新月派等人，(二)魯迅的語絲派一方佈置防禦戰，並是施以反攻，但與小說月報及新月的論調也不苟同。(三)小說月報的作者始終處在中立的地位，對兩派都表示不滿既不附合也不用主力參加論戰，新月的作者一方也反抗創造社，一方公然與魯迅起衝突。當時混戰的情形可謂熱鬧到極點。

就文學作品平心而論，所謂革命的普羅作品，技術實在幼稚，內容也不能深刻地表現普羅階級的生活和意識。當時的作品，有的傾向於無產階級自然生長的描寫，充其量也只能代替無產階級訴苦，還是脫不掉人道主義的同情。有的傾向於無產階級前衞的英雄行爲，還是表現的個人主義，結果反成了被敵人指摘爲標語口號文學。在普羅文學短短歷程中，作品幼稚是當然現象，不過在較後一點的刊物上，如白莽在萌芽上發表的小母親，樓建南在拓荒者上發表的鹽場，劉一夢在太陽上發表的失業以後，在意識及技巧方面，都有相當的成功。

這場論戰延長了兩年之久，大家都在理論上爭辯，對創造殊少成績，當時混戰的缺點，不但處在反對地位的人意見不同，甚至連站在同是新寫實主義的作家，也不能意見統一，如新文藝的作者，態度的穩健，就迥非太陽社同人所可比。後人有人覺悟到這種浪費的論爭是多餘的，於是組織擴大的聯合戰線，一九三零年才有左翼作家聯盟的成立，這種是要組織一個健全的團體，走上新寫實主義建設之路。參加運動的有四五十人，主將如魯迅郁達夫田漢丁玲錢杏邨彭康沈端先胡也頻馮乃超龔冰廬蔣光慈等人，都是當時文學界的重要份子。魯迅和錢杏邨等攜手言合了，而且在左翼作家聯盟的成立時，大會上就先請魯迅演講。他們的主要工作：(一)要研究馬克斯主義的文藝理論，(二)要研究國際文化，(三)要研究文藝大衆化的問題。不久各種會社組織成功，各種刊物也相繼出版，這一時期的最好成績，是外國普羅文學的介紹。如易坎人(即郭沫若)譯辛克萊的石炭王屠場煤油等書，蔣光慈譯里別斯基的一週間和羅曼諾夫的愛的分野，魯迅譯法兌也夫的潰滅，董紹明蔡詠裳合譯格來特克夫的士敏土，楊騷譯綏拉菲莫維支的鐵流。此外關於社會學的名著，如馬克斯的資本論及經濟學批判等書，也都風行一時。

當然提到普羅文學的理論，是始終沒有跳出外人的範圍。美國辛克萊在拜金藝術中曾指出現代文學的六種虛僞：『一、藝術至上主義（藝術至上主義所存在處，文藝和社會都頹廢着。）二、貴族主義（文藝在本質上是大衆的。）三、傳統主義（藝術不是歷史的徒弟。）四、趣味主義的邪惡（現實逥避就是退化的明証。）五、文藝的非道德性（一切藝術都有道德性。）六、不認文藝的社會的，道德的，經濟的宣傳的虛僞。』辛氏認爲革命的文學，是和這相反的文藝。這種理論有的被人引用着當作護符，如李初梨等常說的話：「一切的文學，都是宣傳」就是。但是也有許多被人大加駁斥了。當時關於普羅文學的解釋，見解紛歧，就連革命文學是否無產階級的文學，其目的是否只爲宣傳，也成了爭辯的癥結所在，後來民族主義的文學，正式起來和它反抗了，當局對於普羅文學也施以種種限制，以後胡也頻李偉森趙柔石白莽馮鏗等作家遭暗殺，各種刊物的被禁，於是喧嚇一時的普羅文學運動，終於消沉，而且成了與前幾年「過激」二字一樣的危險，一般人也緘默着絕口不提了。至於他消沉的主因，夏丏尊說過一段話：

『據我的意見，眞正的普羅列塔利亞文藝，在近的將來，是不能出現的。在現有無產階級作家的蘇俄本土及別國不知道，至少在我國是一時不能出現的。我國（也許不但我國）現代的作家，不論其目前資產之有無，在其教養上，經濟上，趣味上，甚而至於生活上，都是鮑爾喬。他們的文藝作品，大衆的普羅列塔利亞能到手入目與否且不管，其內容無論怎樣地富於革命性，决不能成爲眞正的普羅列塔利亞的生命上的滋養料。卽使能設身處地，替普洛列塔利亞說話，但究非眞由內部滲出的東西。只仍是鮑爾喬所見到的一種世相而已。……文藝是體驗的產物，眞的普羅列太里亞文藝，當然有待於普羅列塔利亞自己。普羅列塔利亞的文化總有一天會出現的，普羅列太里亞文藝的成立，也可豫想。至於在過渡期中，所能看到的，尙只是其萌芽或混血兒。』

夏氏這種論調，是很平和的批評當時的普羅文學，見解大致很對的。總之這次普羅文學運動，曾經震動了一時，是事實，作品的膚淺也是事實。但是經了第一期就不能持續下去，這在普羅文學進展的歷史上是很惋惜的，否則到現時也許有大量的成熟作品出現呢。

民族主義文學：自從左翼作家聯盟成立以後，聲勢浩大，於是和普羅文學極端相反的民族主義文學也起來了。這個運動在一九三〇年發起，在宣言裡他們說中國文壇當前的危機：(一)是：「在這新文藝時代下，還竟有人在保持殘餘的封建思想；」(二)是：「那自命左翼的所謂無產階級的文藝運動又是那樣的囂張，把藝術拘囚在階級上。」他們是既厭棄封建思想的舊勢力，又不愛喊這風行的普羅文學的時髦口號，他們認藝術和文學必須以民族主義爲基礎，文學的最高使命，也應當以發揮那藝術家所屬的民族精神和意識，不僅表現已經形成的民族意識，並且要創造那一民族的生命。

民族主義文學的理論和宗旨大致就是如此，他們的機關刊物以前鋒周報及月刊爲主，此外還有文藝月刊長風開展月刊等也都表示贊助。主要人物如范爭波朱應鵬陳抱一傅彥長李贊華施蟄存吳頌臯陳之佛邵洵美汪倜然等人，雖說喊嚷了一陣，但不久就銷聲匿跡，現時也再聽不到什麼呼聲。

民族主義沒路的原因，不在全國青年的卑棄，而在他主義本身的缺欠。他們承認藝術作品應當顯示那藝術家所屬的民族，但所謂民族是非常廣泛的名詞，就所包的社會來論，是有種種階級的不同，民族主義反對文學是階級的產物，不能不說是根本的錯誤。因爲社會既然分了階級，文學家也必然要屬於某一階級，文藝也是階級心理嗜好的諸條件而形成的，怎能否認文學是階級藝術呢？

再者就中國民族來論，我們是被壓迫者，我們的民族主義文學，也應該宣示被壓迫的痛苦，以及發揮整個民族反抗的精神，庶乎領導整個民族，由被壓迫的環境而走上自由解放的光明坦途，如果民族主義文學家明瞭乎此，我相信許會有存在的可能。但提到被壓迫者的痛苦，資產階級與無產階級也是不同，絕對不能抹殺階級的痕迹，民族主義的「超階級」說，失掉理論的根據，他們雖說以攻擊普羅文學爲事，不致受執政當局的摧殘，但理論的缺乏，意識的不正確，是一切有識青年都瞭解的，結果是沒有人注意它，在自生自長中終歸掩旗息鼓不彈此調了，自己敲了自己的喪鐘。至於文學作品呢，對文學界絲毫沒有什麼影響，所謂民族主義的文學，大致就是如此。

上海的狂飆時代：文學的發展與出版業是成正比的，這一時期文學發達的原因，書店業的興盛也是一個主因。現時就較爲有力的幾家書店畧述於後：

李小峯辦北新書局，先在北平，後移上海，出刊新潮叢書，由周作人編輯，並刊語絲，後爲刊登廣告起見，又刊行北新半月刊，現改爲青年界。

章錫琛自和商務鬧意見，辭婦女雜誌編輯後，辦開明書店，出版新文學書籍，更刊行夏丏尊主編的一般，撰稿人多立達學園教員及一部分文學研究會社員。後夏因開明總編事忙，又改由方光燾主編，章錫琛周建人組織的婦女問題討論會，主編新女性也由開明出版。北京大學國學門月刊，由顧頡剛魏建功主編，亦由開明出版。夏章等因係文學研究會社員，文學週報也曾由開明發行。最後有章夏豐子愷顧均正葉紹鈞等編的中學生，到如今還在風行。

東亞病夫曾樸與子虛白（名燾）開眞美善書店，並辦眞美善雜誌。徐志摩等辦新月書店，並編新月月刊。張友松與夏康農等辦春潮書店，並出版春潮。邵洵美等辦金屋書店，並與章克標等辦金屋月刊專門提倡唯美文學。戴望舒杜衡施蟄存等開水沫書店，辦新文藝並出版水沫叢書。沈從文胡也頻丁玲等開人間書店，並辦紅黑雜誌。陳望道及施存統等辦大江書舖，出版叢書。

總之這時期的著作人，一方在辦書店，一方刊行雜誌，是以前沒有的興盛現象，此外著作人附在書局出版的刊物，也不下數十種之多，這時文學的中心移到上海，形成了空前的狂飆時代。

戲劇：這一期的戲劇，較以前也爲活躍。在南方上海戲劇協社仍然工作。上海勞動大學的民衆劇團，以推廣民衆教育爲目的，並在南京杭州各地去表演，是民衆戲劇運動中最先而且有力的一個團體。摩登劇社也是努力民衆戲劇運動的團體，頗受各地民衆的歡迎。田漢等並刋摩登月刋，多刋關於討論戲劇的文字。復旦劇社由洪深導演了寄生草西哈諾等劇，收到意外的成功。朱穰丞馬彥祥領導的辛酉劇社，每次上演都有很好的效果。廣東戲劇研究所，由歐陽予倩領導，時有公演，並刋行戲劇雜誌。

在北方北平的藝術學院戲劇系，由熊佛西領導在平津曾有幾次的公演，熊氏並主編戲劇與文學，也刋登不少的劇作及論文。

胡適余上沅熊佛西等倡辦北平小劇院，專招演員，予以嚴格的訓練，是專門訓練戲劇人材的團體。

勢力較大的是北平的中華戲曲學校，是仿效巴黎的戲曲學校。共設戲曲專科學校，戲曲博物院，戲曲音樂研究所，戲曲音樂出版部等。內容凡中西音樂及歌舞劇話劇等無不教授，也是一種很大的企圖。

總之這一期不但文學是興盛到極點，戲劇也較前大形活躍，由羣衆懷疑的態度，改爲歡迎；由原理的討論期，進到實行工作的時期了。

第六章 由九一八到最近的文壇概況

時代社會背景：五卅以後的文壇如果說是全盛時代，那末九一八以後的文壇就是變革或蛻化)時代了。為什麼五卅以後的文壇那樣興盛，而以後就不能繼續着發揚光大呢？這種原因可就兩方面來說，先論當時政治的背景。在北伐時代國民黨和共產黨在反帝和反軍閥的共同目標下，聯合成為國民革命的戰線，一般沉醉於「象牙之塔」的文學家，也走到「十字街頭」去參加實際工作，各地勞動大衆對於國民革命軍的聲援，北伐的成功是全國民衆大覺醒的必然結果。在民十三國民黨改組採取聯共及宣傳政策，不但文學界的所謂革命與普羅文學很發達，就是共黨方面的陳獨秀瞿秋白惲代英，和國民黨方面的汪精衛胡漢民于右任邵力子葉楚傖等，也發表了許多有條理組織，情感熱烈的宣傳文字。但是這種混合戰線，始終是妥協的苟安局面，不久北伐成功，接着就是清黨運動，「國」「共」分家從此起，中國潛伏的大裂痕也自此始了。

分共以後，國民黨不准共產黨公開宣傳了，這時黨內的糾紛不是主義的爭辯，而是互採潑婦罵街式的攻擊，讀者許記得陳公博和吳稚暉筆墨官司的舊賬吧。吳稚暉罵陳公博是「額上不離字的準共產黨，」陳公博說吳老頭兒是「放屁放屁，眞正豈有此理」的老朽昏庸。黨的內部分裂既同水火，於是攻擊也不遺餘力。國民黨握得政權，要用政治力量來統一思想界，當時凡最左或左傾的一切刊物都在查禁之列，當然所謂「普羅」「左翼」等集團大遭摧殘，這是當時文學主潮到了全盛時代，終於曇花一現似地壽終正寢的主因。

政治統制下的思想界，既不許左傾，當然得右傾了，於是有所謂民族主義文學出現。這一派的文學理論既不健全，作品的意識形態又很混雜，我們有「九一八」「一二八」那樣重大的事件，本應當產生出偉大的民族文學來，但是當時所出的幾本小冊子，無疑地大大失敗了。於是向來是中立的讀者群，對於這種文學大都厭棄的，民族主義文學既不能代替普羅文學成爲時代文學的主潮，於是文學界頓形一種徘徊無依的樣子。「九一八」事變是國難當頭，「一二八」慘案上海的文化界大受損失，於是文壇上活動的人不得不暫告停歇。以後上海戰事結束，百業待舉了，於是文學界又重張旗鼓，商務的小說月報停刊，文學研究會的人又單獨出了許多種的刊物，創造社是成了過去的名詞，於是創造社的諸作家，不得不另謀出路，先時是屬於中立派的人，現時還感覺「左」「右」爲難，於是幽默派，小品文派，成了最近文學的主潮，而文學上所爭論的，也不過是什麼文學遺產，及偉大作品產生問題，第三種人的爭論，大衆語的建設問題，文學的拉丁化及簡體字的倡議，文白之爭及讀經問題，莊子文選是否爲青年必讀書問題等等，表面看來是五花八門，光怪陸離，究其實是表示現時的文化界是走到了彷徨無路，對於文學的價值及以後應走的方向，要重新估價重新考慮了；於是已成過去的問題又死灰復燃，幽默小品始終是纖巧的，如今作了時代的主潮，我們不能不說是文學又到了消沉沉時代。看看現時文學界的議論紛歧，到如今還沒有一種具體的規定，不能不說是變革的蛻化時期。

近年來經濟破產，購買力銳減，書籍銷路頗成問題，於是大書局專爲盜古人的版稅，大批的舊書先後改成了新裝，因爲沒有板權成本低廉，於是大預約大減價以廣吸主顧。而靠着文字吃飯或靠着發行刊物吃飯的小書店老闆，限於資本及購買力，不得不出很小的册子，而變相的蝴蝶鴛鴦的插圖刊物，又琳瑯滿目的擺上了書攤，像塗粉的妓女似地在滿街拉客了。這時文壇的淒涼光景可算到了極點，現時又有國難文學出現了，名詞很好聽，我們不用批評什麼，看看成績如何吧。依照文化演進的歷程，蛻化之後是衰落，可是蛻化期有時和衰落期相連，但衰落之後必有第二代思潮的啓蒙期出現，這個是和秋花枯萎之後，到春天又重新發芽，開着鮮艷的蓓蕾的道理一樣平凡。我們希望這次新興的國難文學，給我們文壇上一種新生命，我們只有靜看這般文學家的偉大作品出現了。

全盛時代的餘波：在消沉的一九三一年，創刊的北斗是由丁玲主編的，這是提倡大衆文藝有力的一個刊物，後來所謂大衆文學及大衆語的論爭，是以該刊爲發端的。陳望道辦的文藝新聞，專爲報告文壇消息及批評文藝作品的，開始了最近小品短評及雜文的先路，也是報告文學的一種。此時光華書局有顧鳳城編的讀書月刊，消息遲慢，記載失實，亦無足稱。神州國光社由王禮錫編的讀書雜誌，提倡新文學理論，蕪雜不足稱。趙景深自掌北新總編輯之後，無甚發展，所編青年界，和大東書局劉大杰等編的現代學生，及開明的中學生，都是以中學生爲對象的刊物。世界書局由楊明哲主編的世界雜誌，和中華書局由周憲文等編的新中華都是模仿東方雜誌的，但內容則不如遠甚。

至於所謂作家的作品呢，一來限於政治勢力的箝制，所謂新興作家，也始終沒有產生什麼驚人的偉著，普羅文學批評家錢杏邨捲着藏原惟人和茅盾扭結，沈端先只翻譯了柯根教授的新興文學論，和偉大的十年間文學，創作是以蔣光慈爲最努力，短褲黨文字的欠亨，是給了反對者一種鐵樣的証據。震動一時的麗莎的哀怨和衝出雲圍的月亮，不但在表現的技術上諸多缺陷，就是在內容上講，也只是寫的革命者浪漫的行爲，以愛情的故事爲穿插，披上一件「革命」的外衣，較之那一時期巴金發表的滅亡，茅盾的三部曲（幻滅動搖追求）來都不如遠甚。張天翼的小彼得和丁玲的韋護也是一時文壇上較好的成績。這個時期還算承繼着全盛時代的餘波。九一八的事變，如掀天的大浪，激動了每個人的心潮，一九三二的「一二八」事變是由東北的國難擴大到了我們中國的腹心。上海商務總館及東方圖書館先後燬於日軍炮火之下，小說月報被廹停刊，當時各大書局都受了戰事的波及，一切工作漸入停頓時代，於是文學的全戰時代，眞的結束。

變革期的文壇概況：在普羅文學的主潮過去，幽默派小品派的主潮還未到來之間，創作民族新生命的文學，出了大上海的毀滅是描寫滬戰的，但除了個人的英雄主義而外，並沒有多少反帝的情緒。報告文學也興盛了一時，除去出版了一本上海事變與報告文學外，並沒其他的成績。柳亞子主編過文藝雜誌沒什麼精采，張資平曹雪松主編絜茜半月刊，以提倡平民文學爲口號，但內容則欠充實。北斗及文藝新聞的左傾刊物被禁之後，北方也有過一點普羅文學的餘波，如北方文藝開展新聞尖銳新聞等，就中以南方的文學月報爲較好，前二期由姚蓬子編，後改由周起應編，出到五期就夭折了。普羅文學也就正式結束了生命，它僅有的潛勢力是走入到社會政治科學的論文中。

在這旣不敢左傾，怕受煽動家罪名的誣陷；又不屑於作資產階級的走狗，聽到別人談新興文學理論又覺到討厭；在這種動輒得咎的情勢下，於是有所謂第三種人的文學出現，這是以施蟄存蘇汶編的現代月刊爲代表，純粹注重文學的形式與技巧，而有小布爾喬亞的意識形態。但是關於第三種人問題，有胡秋原蘇汶瞿秋白陳望道一場混戰，結果出了本文藝自由論辯集，算是惟一的結果，對於問題的核心還沒有弄出眞正的究竟。

這時期還有茶話文學出現，是小資產階級在茶餘酒後，靜極思動，率爾操觚寫出來的東西，如文藝茶話如論語半月刊便屬於此類。他們的戒條是不反革命，不破口罵人，不主張公道，只談個人老老實實的私見，他們是用幽默的態度來諷刺（謔而不虐的）挖苦人。在當時大家感到有話不敢說，敢說的不是想說的話情況下，這種幽默派的文章，竟然風行一時。中國的民衆已然麻木不仁，我們需要的是火山的爆發，霹靂的震驚，這種只講趣味輕鬆的幽默文學，更是民衆的催眠劑。我們只說晉代清談的誤國，但是不要忘了晉史記載着文人慘死的事實。公安竟陵的小品文學，對明代滿目瘡痍的社會國家，究竟有什麼彌補？時至今日，幽默的小品文作家，也有步晉代文人慘死的後塵的嗎？還只是就攙着陳死的袁中郎領導全國青年步入古老的邱墓？這種小品文，由論語的試驗成功，後來又由林語堂陶亢德等先後辦了人間世宇宙風，施蟄存等辦的文飯小品。直到最近簡又文等辦的逸經，純粹以古今的歷史逸聞為主，裡邊還不時見到許多的史料，在內容上較為充實，在我認為是小品文中較好的刊物。

在最近文壇上勢力最大的刊物，是鄭振鐸傅東華茅盾葉紹鈞陳望道郁達夫洪深胡愈之徐調孚等人辦的文學。內容較小說月報為精采，第二卷後由鄭振鐸傅東華二人負責編輯，鄭氏遠在北平，其實是傅氏一人大權獨攬，因為編者的偏見，引起許多論戰，但迥非先前每次論爭的熱鬧了。由第四卷起改為王統照主編，現時只見到一號，內容也不見得有什麼進步。由鄭振鐸章靳以主編的文學季刊，出到二卷四期也壽終正寢了。鄭章二氏還糾合巴金李健吾沈從文卞之琳等合辦水星，專刊私人稿件，銷路很壞在文季以前已告停刊。此外尚有施蟄存等於現代停刊後又辦新文學，只出了第一期創作，和第二期翻譯專號就停刊了。生活書店出版的太白由陳望道主編，譯文由黃源主編，出到二卷停刊了，最近上海雜誌公司又復活譯文，創刊孟十還編的作家，在現時文學出版物還較為勢力雄厚些。

最近文壇拾零：在最近文壇的消息中，尚有應當報告的，有中國著作者協會成立，上海「一二八」之戰後由魯迅茅盾等領銜發表了告世界書，又同年由戈公振王禮錫胡秋原樊仲雲鄭伯奇丁玲汪馨泉等，成立了中國著作家抗日會。北平翻版書籍鬧得太兇了，由胡適洪雪帆周作人謝冰心章錫琛史左才等，成立了著作人出版人聯合會。關於最近的文壇呢，京派海派之爭過去了，文白之爭無結果而散，讀經問題在各省長官特殊領導之下，成了割據的局面。文學遺產及文人相輕問題也沒什麼結果，國難文學中國本位文化問題，在半死的態度下還進展着，文字拉丁化也在試驗中，簡體字已漸次施行，這些都是文學思潮的支流，倒底現時文學思潮的主流在那裡呢？詩歌協會雖說成立了，但新詩是一蹶不振的。戲劇的活動，也多半依附在政府及地方當局了，如山東省立實驗劇院，及南京戲劇學校等。私人的團體活動只有中國旅行劇社倘興盛一時，但已然由愛美劇社走到了職業劇社之路。

總之，這二時期的文壇，與全盛時代相比，實在到了消沉時代，良友已爲過去十年間文學清了一次賬，生活的世界文庫冶西洋文學名著與中國古籍與一爐，創作文庫，小型文庫，連一些不知名的庫，他們的意思是把中國文學都入了庫，將來以備博物院的保藏；實際說，現在的文學也眞的走入四面碰壁的庫裡了。

第三編　最近二十年文學流變史

第七章　二十年來之詩歌

新詩的討論：在過去中國的文學史上，詩歌佔了最重要的地位，也可以說中國四千年的文學史，就是詩歌的歷史。因爲詩歌的歷史是如此其長，對於傳統的文學觀念也就格外的鞏固。所以這次新文學運動，對於新詩的建設是經過了很大的爭辯，這是研究近代文學史時不可不知的。我們如依文學進化的歷史眼光來看，由周代的詩經演變到戰國的楚辭，再變而爲漢魏六朝的樂府與古詩，三變而爲唐朝的律詩及新樂府，四變而爲宋朝的詞，五變而爲元朝的曲，由這演變的痕迹，我們知道都是順應人類環境的需要，由人類內在的生活自然而進化的。到了明清時代文學主潮是趨向到小說方面，而傳統的文學如詩歌和辭賦散文，大都沿襲前代，有的主張復秦漢之古，有的主張復六朝之古，最近的也是主張恢復唐宋之古，所以詩歌在明清兩代是最消沉的。但是文學思潮的演進，有時表面似乎退步，然而却是促進下一代思潮的反動，所以到了清代，社會背景改變了，外有帝國主義的侵入，內有農村經濟的動搖，國家大勢自甲午之役後起了劇變，所以詩人的作品也隨之改絃易轍了。雜湊的摹擬大家王闓運，自己也說「予詩不足觀」，同光體中堅分子陳三立的詩，被張之洞看作江西魔派了，樊增祥鄭孝胥易順鼎等已爲舊詩敲了喪鐘。其作詩不是字句艱澀，卽專爲逢場作戲應酬之作，舊體詩已然走到了末路，於是當時新詩體就發生了。先是林紓的新樂府，後有黃遵憲的新體詩，所作人境廬詩已然打破了舊詩的魔障，康有爲的避禍憂憤之作，和梁啓超摹仿陸游的豪壯慷慨詩，已然顯出很大的反動來。至於論到詩體完全解放的新詩，却是以胡適爲第一人。胡適在民初留學美國時，他就常作白話詩，當時許多朋友都反對，但是他仍然努力繼續着嘗試，後來在民六的新青年上發表了劉復的詩與小說精神上的革新，他的具體的主張以爲詩的精神應當以眞爲主，他攻擊專講聲調格律的虛情假意舊詩人，他以爲舊詩的壞處都是「不眞」從中作祟，現時應該提倡「眞」的詩歌。

到了民八胡適發表了談新詩，他一方面提倡詩體的解放，一方面並指示出作新詩的方法來。他對於詩體的解放說：『中國近年的新詩運動，可算是一「詩體大解放」，因爲有了這一層詩體的解放，所以豐富的材料，精密的觀察，高深的理想，複雜的感情，方才能跑到詩裡去。五七言八句的律詩，決不能容豐富的材料；二十八字的絕句，決不能寫精密的觀察；長短一定的五言七言，決不能委婉達出高深的理想，與複雜的感情。」在這裡我們不得不略說一說舊詩的缺點了。現在就四點來論列：

第一舊詩格律謹嚴，以致桎梏了人的性靈，束縛了人的思想。人的思想是活的，情感是動的，決不和舊詩那樣整齊與呆板。所以有時人的意思很幽遠，感情很豐富，却要受平仄格律等束縛。第二舊詩講究雕琢，偏重詞藻，愛在文字的表面上作工夫，如鍊句最好的「香稻啄餘鸚鵡粒，碧梧棲老鳳凰枝」，巧對最佳的「拳石畫臨黃子久，膽瓶花插紫丁香」，最乖僻的「芍藥花開菩薩面，棕櫚葉散夜叉頭」等，工則工矣，但是詩的眞情全被埋沒了，為提倡詩的「眞」，所以舊詩應該被打倒的。第三舊詩多應答酬唱之作，每流於無病呻吟，詩是眞情的流露，這種敷衍的應酬品算不得是詩。第四舊詩喜歡摹仿古人，而且以愈古愈好，受這種惰性的支使，所以詩壇上富有創作的大詩人就很少了。顧亭林說：「效楚辭者必不如楚辭，效七發者必不如七發，蓋其意中先有一人在前，既恐失之，而其筆力復不能自遂，此壽陵餘子學步邯鄲之說也。」道是排斥摹仿論的，因爲千古詩人先有一個偶像觀念存於腦海，事事摹擬前人，非有特別天才的人，不易青出於藍，所以數千年來的舊詩，時代愈後也就越走到了末路。明白了舊詩根本的缺點，新詩啓蒙運動家，就是對症下藥的。

胡適第一條的解放是打破五七言的格式：他主張的新體詩字句的長短是無定的，句裡的節奏也依着意義的自然區分，與文法的自然區分來分析。第二是打破平仄：他說白話詩只有輕重高下，沒有嚴格的平仄，白話詩的聲調，不在平仄的調劑得宜，而靠這種自然的輕重高下。第三是廢除押韻：他主張新詩的用韻有三種自由。一、用現代的韻，不拘古韻更不拘平仄韻。二、平仄可以互相押韻。三、有韻固然好，沒有韻也不妨。他以為新詩的聲調是在骨子裡，——在自然的輕重高下，在語氣的自然區分——有無韻脚，都不成問題。至於他論到作詩的方法，只提出具體的描寫法，他很簡捷的說：「詩須用具體的作法，不可用抽象的說法。凡是好詩都是具體的；越偏向具體的，越有詩意詩味。凡是好詩，都能使我們腦子裡發生一種——或許多種——明顯逼人的印象，這便是詩的具體性。」胡適對於作新詩的方法，提的雖說簡略，但較劉復又完備了許多。

以後氏九有周無發表的詩的將來，他的要點第一是詩的進化，他以為詩有時間關係，是進化的。第二是詩的領域和變遷，他說明詩和小說戲劇的關係和範圍的變動。第三他以為今後的詩變動雖大，進步也隨之而大。繼周無之後康白情發表了新詩的我見，俞平伯發表了詩的進化的還原論。康俞是當時很努力的新詩人，康氏對於新詩的意義，作詩的方法，詩人的修養都有闡明，俞氏更就詩的進化必然現象，來陳述這次新詩運動，正是進化的一種現象。新詩的討論期先後有以上幾篇文字來提倡，同時也寫了不少的新詩，但是在當時新詩的討論時期，擁護舊詩者也群起駁難，到胡適的嘗試集正式出版，又遭了反對派的大大攻擊。

新詩的反動：胡適的嘗試集出版，其價值不在建立新詩的規範，而在予人一種放胆創作的勇氣。他對於詩體的解放，可說是前無古人的先驅者。但胡先驌却起來反對了。他費了一月的工夫，作成了評嘗試集一文刋在學衡上。文共八章：一、緒言，二、嘗試集詩之性質，三、聲調格律音韻與詩之關係，四、文言白話用典與詩之關係，五、詩之模仿與創造，六、古學派浪漫派之藝術觀與其優劣，七、中國詩進化之程序及其精神，八、嘗試集之價值及其效用。洋洋二萬餘言，是自林紓以後對於反抗文學革命的一大勁敵。胡先驌的根本主張是對於中國詩壇過去的觀察及將來的推測，他以為中國詩的技術，恐難百尺竿頭再進一步，將來的新詩改良，也應當運用舊工具舊技術以鎔鑄新體詩，是與他對於文學改良的見解一樣，在舊範圍內革新，不主張完全推倒舊的。胡適等的提倡新詩，打破傳統的因襲觀念，主張詩體大解放，當然為胡先驌所不容了。此外還有胡宓也是反對新詩的，他主張「作詩之法，須以新材料入舊格律，即仍用古代各體，而舊有之平仄音韻之律，以及他種藝術規矩，不可更張廢棄。」他的見解大致是和胡先驌相同的，他以外國留學生不會作「以新材料入舊格律」的詩爲憾事。但是他這種主張，充其量不過和黃遵憲梁啓超的詩相同而已，這種抱殘守闕的詩論，還是爲古所拘。此外還有李思純是極端否定白話詩的，他以爲單音獨體的漢字，不能强用作拼音文字的詩。章太炎並不絕對反白話詩，但是堅持着「詩必有韻」的說法。所以新詩的興起，所遭受的打擊是很大的。總結反對派的見解不外下列四點：一、白話不能作詩。二、白話詩打破舊詩一切規律，不能算詩。三、單音獨體的漢字不能創造拼音文字式的詩——摹仿西洋詩的白話詩，根本不能成立。四、不承認無韻的白話詩——自由詩是詩。因爲詩歌在中國文學史上的地位既久且固，一旦打破舊詩的規律，完全倣效西洋詩，所以容易引起人的非難。嘗試集以後出版了許多新詩，但反對派的論調始終並沒停止，直到最近新舊詩壇都顯着格外消沉，反對派的論調才隨着一同沉寂。

初期新詩的檢討：論到初期的新詩作家，新青年的詩人：胡適有嘗試集，是中國新詩第一本收穫，他的詩只是首先實地試驗及提倡的啓蒙家，論其作品非失之文卽失之質，可以說胡適並沒有詩人的天才，在創作上講算不得什麽成功，而且還未能完全脫盡文言的窠臼。劉半農有揚鞭集瓦釜集，他也是最初提倡新詩的人，其作品有用江蘇及北平方言寫的，間有平民色彩的詩如學徒苦等。劉氏是留法的言語學大家，和錢玄同黎錦熙等提倡國語統一運動最有力。周作人有過去的生命和收在雪朝裡的一部分。周氏是多方面的作家，雖然他不是純粹的詩人，但在初期的新詩却以他爲最成熟了。他的小河一詩發表後，胡適即推爲新詩中的第一首佳作，他的詩雖無韻，然有自然的節奏，冲淡閒逸情意委婉，有陶淵明詩的風味，同時他對提倡搜集歌謠也很勤力。沈尹默對於舊詩根柢很好，春明集即其代表作，間在新青年發表新詩，也是多未脫盡文言的氣味。

新潮的新詩作家，俞平伯有冬夜，西還，憶三部，俞氏是俞曲園之孫，家學淵源，又生長在時與湖光水色相縈繞的環境，其詩寫景如明媚的春山，瀲灩的秋水，音節及描寫均有佳妙處。其所作初期散文也很富有詩意，到後來就慢慢改了，留在後邊再論。康白情有草兒，所作詩已然脫離舊詩的束縛，活潑自然，不過有時稍覺淺薄，是初期普通的幼稚病本不足怪的。現今已經多年不見他的作品了，只在去年出的新文學創刊號上有他和春水的詩，還是保持五四前後的作風，康氏的詩才也就終止於此了。傅斯年雖無專集出版，但他零碎發表的新詩，在初期的詩壇上有相當的位置，而且有時還高出乎俞康二人之上呢。此外羅家倫也有時寫詩，不過劉半農已經批評：「詩神不會叩羅志希的門」，羅氏是用全力在政治方面活動，以後再也沒有重彈舊調。汪靜之早期的詩，純粹是頌贊自然歌詠戀愛的，以蕙的風爲代表作，當時嚴厲的批評家，曾目之爲色情狂的詩人。後來出版了寂寞的國，漸漸滲進一點人生的實況，失掉前期的天眞。

文學研究會的詩人，除周作人俞平伯已見於前外，較爲著名的有下列數人：冰心有春水和繁星，是文學運動初期最有名的女作家，他有眞摯的心情，豐富的想象，所作詩代表她整個的靈魂，受太戈爾影響很深，文筆清澈，情意飄逸，對於小詩的造成貢獻是很大的。與冰心作風相似的，還有宗白華所作小詩集流雲，也一時名作。朱自清是在小說月報上發表毀滅一詩著名的，俞平伯譽爲詩壇的傑作，著有毀滅跡蹤詩集兩部，雪朝裡也收有一部分詩。所作詩表現深刻，文筆婉逵，所作散文也多含有詩意，近來留美歸國，還未見有什麼新著。劉大白有舊夢（今拆爲三）郵吻等，劉氏對中國音韻學很有研究，早期所作詩是全由舊詩詞裡脫胎出來的，較後的詩比較自然些了。徐志摩是在詩壇上最努力的人，而且他對於詩歌的提倡也很努力，早期的著作有志摩的詩和翡冷翠的一夜，後期的有猛虎集及詩刊等雜誌上的未收稿，不幸徐氏早年隕命，沒等他完成了詩的工作是很可惜的。徐氏的詩文一向被人稱爲「濃得化不開」，原因是他對於詩的詞藻太講求了，所以太過於堆砌。他留學英國劍橋大學，受了濟慈拜倫的影響，太戈爾來華，徐氏担任翻譯又受太戈爾的影響。他是愛美的詩人，認美是人生無上的至寶，因之表現於詩文的也以唯美爲依歸。他編晨副時對於新詩人的鼓勵很致力，後來又在新月出版詩刋，對於新詩的創造及西洋詩的翻譯均甚努力。此外文學研究會方面還有王統照出版的童心，徐玉諾出版了將來的花園；還有鄭振鐸郭紹虞劉延陵葉紹鈞周作人俞平伯朱自淸徐玉諾合刋的雪朝，是較爲見重一時的作品。

創造社的新詩人，第一個是郭沫若，在初期新詩作品裡能夠表現時代精神的，是郭沫若的女神與星空。他在日本留學時愛讀歌德雪萊的作品，受他們的影響很深。作品中含着烈火一般的熱情，及雄壯的反抗精神，青年的思想多受他的影響，到後來發表前茅恢復，對於革命的熱情更加深摯了。田漢著有江戶之春雖未脫盡舊詩的風味，但富於才情，音調諧美，詩的技巧及形式都很講求，後來他專向戲劇發展，很少見他新詩了。此外郁達夫成仿吾蔣光慈早期也常作新詩，後來郁將專致力於小說的創造，成則專作批評及論文，所以論到初期的詩壇，創造社遠不及文學研究會。

總起第一期新詩的成績來看，因爲是嘗試時期，作品的淺薄技術的幼稚是當然現象。有的作家急於成名而粗製濫作（如徐玉諾以數十日寫成將來的花園），在試驗期有此缺點，給後來的人對於新詩一種反感。這一時期新詩的內容以抒情的為多，如蕙的風等，故事詩及寫社會民生的詩則太少了。間有詩人注意到社會問題，也是用資產階級的紳士眼光，對下層社會的人發生一點人道主義的同情而已。(如周作人劉大白等人的詩)像郭沫若那樣含有熱烈的情緒及充滿反抗精神的詩，在這時期算是壓卷了。

在這一期的新詩大概可分為下列數派：一、由舊詩詞脫胎的，如胡適劉復劉大白俞平伯沈尹默田漢等人是。二、自由的無韻詩，如康白情周作人汪靜之徐玉諾等人的作品，較第一種已然顯示着進步。三、東方式的小詩，如冰心宗白華及周作人翻譯日本的俳句等是。四、西洋體詩，如郭沫若徐志摩的詩及陸志韋的渡河是。在這短短的嘗試時期，後二種已然建立了新詩的基礎，由嘗試而漸步入成熟時期了，這種進步是有痕跡可尋的。

第二期新詩的檢討：新詩在嘗試時期顯出很長足的進展，但參加初期創作的詩人，有的不久擱筆長期歇業了，如康白情陸志韋等；有的不寫新詩專致力於寫小說戲劇了，如葉紹鈞田漢等人。到了第二期的新詩作家，除少數的老作家外，多是新進的作家。由前人嘗試過的路子，第二期的人拿來應用，同時更採取外國文學的優點，在作品的內容技術風格方面，都有新的創作。這一期反對新詩的人，不大發表意見了，不過新詩本身的改變，如晨副提倡的方塊詩及詩刊上孫大雨徐志摩提倡的西洋體詩，都經過一個時期的爭辯，然而這已不是新舊之爭，只是在新詩的範圍來討論了。這一時期的詩壇，是以先時徐志摩領導晨副及以後詩刊派的詩人，也可說第二期新詩主潮，是受徐氏所左右，正和胡適領導初期的新詩作家相同。

晨報副刊的新詩作家，是徐志摩編輯的詩鐫上常發表新詩的人。該刊每逢星期四在副刊上發表新詩與討論新詩的論文，雖說只出了十一期，但以徐氏號召力之大，及其在文壇上勢力的雄厚，才有很好的成績，當時作家都是一般新人，第一個時期先要說的是詩的形式的改變。因爲當時作家都受西洋詩的影響，音調及格式方面，多具有特殊的風格，不寫冰心等玲瓏透剔的小詩，而多寫敘事兼抒情篇幅較長的詩。而且字句修飾及用韻的嚴格形式的整齊，較前期無韻散文詩又顯示着進步，是由前期的詩下過一番洗鍊的功夫，又經有相當的訓練及修養，然後作出來的，論到這一派的詩，朱湘譽劉夢葦爲新詩形式運動的最早的提倡者。這位薄命詩人，最早在創造季刊上發表了吻之三部曲，就很使人注意。後來在小說月報及晨報副刊上時常發表作品，與徐志摩聞一多朱湘等是當時最負盛名的作家。他一生淒苦，在作品中時時流露出困苦悲傷的情調。所作詩每句字數有定，而且用韻，詞藻美又富於柔情，在他短短的一生中，雖只有未刊的孤鴻集，然而寫景寫情及述個人身世的詩，使讀者一方面如置身水晶世界，感到無處不情激，一方面對他凄苦身世的哀訴，湧起無限的同情。可惜天不假年，薄命的詩人在北平逝世時，只有焦菊隱朱湘等友人，爲他料理喪事，凄涼的光景永伴着這位薄命的詩人，徒留給友人一種凄哀的回憶而已。聞一多是自以新詩作家中的老大哥自居，據說他的住宅就常是詩人集會之所，對新作家的暗示及鼓勵都不小。他作詩的格律說：「越有魄力的作家，越是要帶着脚鐐跳舞跳的痛快跳得好。只有不會跳舞的才怪脚鐐礙事。只有不會做詩的，才感覺得格律的束縛。對於不會作詩的，格律是表現的障碍物；對於一個作家，格律便成了表現的利器。」他的論調是與章太炎的「詩必有韻」說相同，後來陳勺水在樂群上發表有韻現代詩也是同一主張。這個時期的新詩，問題似乎不在內容而多偏於形式了。聞氏的死水紅燭就是這種理論的代表作。但是因爲太整齊了，用韻多偏重於脚韻，有時近於勉強，朱湘評聞氏用韻有三不「不對，不安，不順」之病，可作這一類方塊詩毛病的總評。朱湘是聞一多清華大學的同學，作詩也多有相同之處，他的處女作夏天，藝術還不完美，後來又出了草莽集已有很大的進步，所作長篇叙事詩，在詩壇上一時無兩，修辭力求整煉，而音節亦很講求，不過間有不自然處，正可拿他批評聞一多的話來回敬。後來他感到人生的無聊，竟投江自殺了，所留給後人的只有詩集及翻譯小說和散文詩歌批評各數種而已。饒孟侃與朱湘一樣，是新詩作者及批評家，作詩與徐聞等人同是一派。在所作新詩的音節一文，表明了他對於新詩的音節及格律的意見，所作詩內容與形式並重，而反對創造社的人作詩的過重感傷。于賡虞是河南人，與徐玉諾是飽嘗過鄉間艱苦生活的人，作的詩幾乎全是凄凉的情調，而且愛用險惡的字眼，所作晨曦之前，魔鬼的蹈舞，孤靈及最近的世紀的臉，都是一貫着這種風格，在中國的詩壇上有惡魔派的徽號。焦菊隱和于成澤是燕大繼冰心後起的詩人，焦詩富於柔情，著有夜哭和他鄉，所作散文詩亦很自由流暢。于成澤雖無專集出版，但散在各刊物上發表的新詩，音節合諧，摯情動人，在當時晨副詩人中也是佼佼者。晨報副刊上發表新詩的很多，以上是就較為著名或有專集的幾家而言，其他只有發表的零詩而無專集，或作品無甚特殊精彩的，暫時略而不論。

文學研究會的詩人：以上晨副發表新詩的人，有許多人加入該會，所以兩者有時界限難以劃分。以下是就常在小說月報上發表新詩的人而言。晨副的詩人如徐志摩朱湘劉夢葦等，也常在小說月報上發表新詩。本來這一期的新詩，文學研究會及創造社遠不及晨副勢力大，所以詩人的作品也就顯着很衰微，現時勉強舉出幾家來作代表。李金髮的詩是比較着難懂，特點是在有豐富的想像及深摯的熱情。他的詩一方面有異國情調，一方面是白話裡加雜着一部分文言。微雨及食客與凶年字句生硬，爲幸福而歌，就比較進步一些。戴望舒是詩壇後起的一位較著名的作家，我的記憶(今改板爲望舒草)是被人注意的佳作。他是受法國印象派詩人的影響，所作詩想像很豐富，意境也很飄逸。他主張作詩不應該借重音樂繪畫及美詞，詩的韻律應該在詩的情緒抑揚頓挫上，他的詩對後期的詩人有很大的影響。邵冠華也是一位新進的詩人，他已往發表的詩，已引起詩壇的注意。所作文字美麗，組織精密，描寫的具體，表現力的樸實，也有他一種特殊的風格。高長虹後來在小說月報發表了不少的新詩，如獻給自然的兒女，給——，都富有神秘的色彩。梁宗岱著有晚禱，是這時期小詩的代表作。論到這期的長詩是以白采的羸疾者的愛爲代表，採取故事的敍述法，雖沒有什麼綺麗的辭藻，但在單純質樸中具有絕大的力量。

創造社這期送出了三個詩人——王獨清穆木天馮乃超，都是傾向法國的象徵詩，王獨清是拜輪雨果式的詩，豪勝於幽，顯勝於晦。他爲人富於感情而薄於理智，詩太講求音韻及修辭。前期的死前及聖母像前二集，多充滿頹廢感傷的哀調。後期的威尼斯埃及人煅煉等，漸漸轉到大衆文藝的方向來。穆木天是託情於幽微渺遠中，感傷的情調不如王獨清那樣濃，著有旅心一集，他作詩主張在形式上有統一性及持續性，更須有音樂的美。他更主張把詩的句讀符號廢了，因爲詩有律動不容有句讀從中打攪，詩的朦朧性越大，暗示性也越大。馮乃超著有紅紗燈，所作詩利用鏗鏘的音節，使讀者得到催眠般的力量。

除上述幾大團體外，邵洵美先時著有天堂與五月，曾被趙景深大大挖苦過一陣，後來改名花一般的罪惡出版了，是純粹寫唯美的享樂人生。姚蓬子著有銀鈴也是象徵派詩，受波多萊爾的影響最深。趙景深著有荷花，是承襲着前期詩的作風。謝采江的野火及荒山野唱是受了冰心的影響而成，但多是由生活的體驗所寫出。馮至的昨日之歌和北遊及其他，亦一時名作。劉廷芳有山雨集，亦精緻可讀。其他只散見短章的詩人還很多，就不必詳述了。

總之這一時期的詩，大約分爲四派：一、還是承繼着前期詩的作風，還未脫盡舊詩的痕跡，二、自由詩派，有的是較前期進步了許多，三、格律詩派，在這時期的勢力最大，四、象徵詩派，它的勢力仍然存在。

最近詩壇的檢討：新詩在最近的文學界勢力最小，單看各刊物上登載新詩多無稿費，而書店老闆一見作者交涉出版詩集就皺眉，新詩的被人忽視可以想見。初期後期的詩人，如徐志摩朱湘等是始終努力新詩的，然而都先後殂謝，短命的詩人死的也不少，爲生活苦而另謀其他發展，放棄了詩人生活的也很多。所以初期及後期作詩的人，到現時已所餘無幾。至於近代的詩人，老作家王統照中間歇了一時，近來又有許多新作發表，而且經他提拔的青年詩人臧克家，著有烙印及罪惡的黑手，一個用鄉下窮苦人的眼光，來寫社會人生的種種面相，在現時是較爲不易覩的作品了。先時在晨副上常作詩的程鶴西，似乎在最近仍然努力，不過沒有一本專集出版，陳夢家著有夢家詩集，爲胡適徐志摩所賞識，方瑋德曹葆華在最近的刊物上發表過不少新詩，卞之琳的詩集定名比目，確是有比目的嫌疑。施蟄存作詩也是完全印象派。最近的文季上李廣田的詩有時很不錯，麗尼的散文詩也過得去。其他的偶見幾個舊作家的名字，還是保持固有作風無甚發展。新的較生的名字，所作平庸量質都被人忽視，現時由各大雜誌到小報的報屁股上，都很少見有人刊載新詩。論語人間世等小品文刊物上有時發表徐許老舍等的打油詩，他們只是在那裡嘲諷，並不是正經的作詩，所以也就不論。總之最近的新詩太消沉了，春年人大多又走到「復古」的循環律裡，現時談詩的青年，那個不是摹徐志摩的古，和遵守最近以前的人的規律呢？我們不要忘了創造，創造，一味復古，也終於使現時的新詩，和過去的舊詩，一樣的走進歷史博物館中，當作陳蹟，只可供現時及後來人的憑弔了。

以上的話，看來似乎很悲觀，但我以爲這種消沉景況，反可認爲是一種良好現象，我們在短短二十年中，看到由「纏足放」──胡適體的詩，進展到無韻的自由詩，是第一變化；又由樂於「帶着脚鐐」跳舞的聞一多等，造成許多規律的束縛，是第二變化；又由規律詩走到象徵派的詩，更近於西洋化，是第三變化；現時粗製濫造的新詩，在市場上的銷路停滯了，只有幽默的打油詩及摹仿近人的詩點綴着文壇，新詩作家非有很深的修養，不足以炫耀文壇，我希望由這次的潛伏期，不久就有偉大的詩人出現。否則整個詩壇將永久消沉下去，果爾，那正是証實了先時反對新詩的人的話，舊詩是不會亡的，他們一定要捲土重來的。

第八章　二十年來之小說

小說興起的原因：這次新文學運動小說的興起是有相當的原因。在歐洲各國，小說的興起較詩歌戲劇爲稍晚，中國過去的文學也是如此。在十九世紀之頃，資本主義發達了，中西的小說也一躍而爲文壇的盟主。因爲資本主義時代，社會生活較爲複雜，人類的知識也日趨廣濶，要想表現這種生活，小說是最好的一種體裁。社會上一般民衆智識的提高，小說就是平民最好的讀物，這是小說隨着資本主義發達的主要原因，中外小說的興起，都逃不出這個公例。

在清末民初資產階級逐漸覺醒的時期，也曾產生過暴露封建社會醜態的小說（如官塲現形記二十年目睹之怪現狀等），是與先時的水滸紅樓迥然不同。明白中國社會政治的改變，就知道小說的發達並非無因。在初期的創作小說，是先有蝴蝶鴛鴦派的小說，在那時寫才子佳人的故事，多少有點新意識的覺醒，敢於公然和禮教的家庭反抗，因之劉鉄冷徐枕亞周瘦鵑輩的小說，也曾興盛過一時。就藝術來論他們的作品，當然是無足取，但是這却是過渡到新文學小說的橋樑。

文學革命的大旗正式高揭之後，於理論探討之外，還不時有創作的成績以作提倡，初期的小說也是偏於嘗試，小說也脫不掉「禮拜六派」的臭味，直到魯迅在新青年上發表了狂人日記孔乙己藥，又在晨副上發表了阿Q正傳，新小說才算踏上正路，奠下了鞏固的基礎。

小說的討論時期：總論二十年來的新文學史，以小說爲最風行，在質量上都佔着很大的優勢。自從文學革命發起的時候，國內的作家都受過西洋文化的洗禮，瞭解小說在文學上重要性，於是有人開始作討論小說的論文了：先時黃仲蘇作了小說之藝術刋在東方雜誌上，引証了許多歐美名家的理論，最重要的是引証瓦特柏遜特的理論說：「一種最精美的藝術，可與圖畫詩歌音樂雕刻建築等並立，視爲姊妹之花，其永遠歷史，可能性的廣博，與優越性的可嘉，正與其他藝術無異。」他並且詳細引証我國小說的特色，是研究和創造小說的人，最受影響的一篇文章。

其次是胡適的論短篇小說，他給小說下了一條正確的定義：「短篇小說是用最經濟的文學手段，描寫事實中最精采的一段或一方面，而能使人充分滿意的文章。」他對於小說所應有的條件，詳爲徵引，指示人一種正當的途徑。他雖不是一位小說作家，但對於提倡却最有功績。後來沈雁冰作了自然主義與現代小說，他是崇拜左拉的自然主義的，兪平伯作了中國小說談，羅家倫作了今日中國之小說界，他們先後為舊小說敲了喪鐘。但是新小說作法的指示，却是在華林一譯了小說法程，湯澄波譯了小說的研究，郁達夫寫了小說論，孫俍工寫了小說作法講義之後才有了更剴切的指示。中國的新小說理論，既然多是由西洋介紹過來的，所以在體裁描寫結構上，都帶着一種歐化的傾向。

新文學的啓蒙家，除魯迅外如胡適陳獨秀周作人錢玄同劉復等，都不是小說的作家，只有魯迅一人是當時小說的權威者和後來的領袖。初期新作家在修辭及情節表現方面，大都樸實簡陋，缺乏修鍊的工夫，沒有雄厚的氣魄，作品也都是表示反抗社會制度的不良，家庭的腐敗，舊禮教的束縛，但態度終嫌和緩，只能在人類的心海上湧起一點微波而已。到了後期的作品，就有了排山倒海的力量，充滿了激昂慷慨的熱憤，有的帶着很濃厚的煽惑性，有的掘到黑暗社會的裏幕，有的解剖到人類虛偽的核心，所以小說到現在還保持着重要的地位，逈非詩歌所可及了。不過近來思想受箝制，文學成變商品化，好的小說不見得流通市場，而文匠的應時貨充滿了書攤，以致近來好小說不易見到，演成一般人厭棄小說的心理，偶一不愼買了幾本小說，少有不大喊：「寃哉幾角錢」的。現在我們依着歷史的演進，來分論二十年來的小說成績吧。

由新青年到莽原小說的檢討：新青年是提倡文學改良的，在上邊首先發表創作小說的是魯迅，他的狂人日記分析病狂者的心理，微帶憂鬱的感情，在譏諷的語調下：寫出「我翻開歷史一查，這歷史沒有年代，歪歪斜斜的每葉上都寫着「仁義道德」幾個字，我橫豎睡不着，仔細看了半夜，才從字縫裡看出字來了，滿本都寫着兩個字是「喫人」！」這是在揭起離經叛道的旗幟的五四時代，抨擊封建勢力舊道德最有力的文章，到現在進化了二十年了，然而舊勢力究竟去了多少？我們感覺銳敏的人，那個耳邊不仍然响着魯迅「救救孩子」的呼聲？魯迅前期的吶喊，充分表現反封建的精神，暴露了舊社會的醜惡，魯迅又是善於回憶的人，在回憶中有時使他歡欣，有時使他寂寞，他於是吶喊，聊以慰藉那在寂寞裡奔馳的猛士，使他們不憚於前驅，這是由狂人日記到不周山寫出的主因。由五四直到五卅，中國的思想革命又走到一種新階段，魯迅依然握着新生時代的一管筆，作品依然含着人道主義的憐憫同情，這時期，是需要烈火般的熱情作品，「救救孩子」是弱者乞援的哀訴，這時已然不能激刺中國人的神經，魯迅在舊夢的回憶裡，更感到人生的悲傷與寂寞，這是他先而吶喊，終於彷徨的來由。但是魯迅終究是思想銳敏之人，在經過創造社派大混戰之後，他終於轉變了，一直到最近他不屈不撓的精神，並未因生活環境壓迫而挫折。論到魯迅小說的價值及在文壇上的地位，非長篇專論不可，諸位去看其他的專著好了，以下是就和魯迅有關的文學團體，論到一時較著的作家。

新潮是繼續新青年出版的提倡新文學的刊物。汪敬熙是揭露了好學生的秘密和苦人的災難。他是忠實的描寫個人所見的人生經驗，竭力保持客觀的態度，談不到什麼批評人生的意義。羅家倫只在訴說婚姻不自由的痛苦，文雖淺顯却足以代表當時同樣環境下青年的公意。俞平伯是主張人應順應自然，不可矯揉造作。楊振聲是主張要忠實於主觀，在玉君的序裡有「說假話的是小說家」的話，於是自認天然藝術化的玉君，降生了也就同時死亡了，以後也結束了他寫小說的生命。葉紹鈞以後有長足的發展，歐陽予倩後來也專致力於戲劇，新潮的作者大致是如此。

在上海有彌灑社出現，不是爲人生的文學，乃是打着憎惡庸俗的幌子，祗知道發表個人靈感的脫俗的文藝刊物。作者雖致力於文學的美，但感覺的範圍則太狹，不過只是寫着每人身邊的瑣事，執筆作小說的有胡山源唐鳴時趙景澐方企留曹貴新。胡山源和趙景澐的文字是全群的佳作。隨後上海又有淺草社出現，也是爲藝術而藝術的團體，作者都是很努力於文學的，從外說攝西洋的營養，從內說挖掘自己的靈魂，用心靈的眼觀看這個世界，用心靈的喉將和美唱給寂寞的人們，當時作小說的人有林如稷顧璿高世華莎子等較爲著名，最著名的抒情詩人馮至，也曾發表過幽婉的名篇。以竹林的故事著名的馮文炳，也在淺草上發表過短篇文字。陳翔鶴陳煒謨是支持淺草後身沉鐘社的台柱。他們的心情是熱烈的，但從僅見的一點曙光裡，同時發現了周圍無涯的黑暗，於是又轉爲悲涼了。

在北京的晨報副刊和京報副刊上常發表小說的，較著者有蹇先艾許欽文王魯彥黎錦明斐文中李健吾等人。蹇氏作品文字簡樸而少文飾，却能刻劃出充滿哀愁的心曲，同時爲我們介紹了迢遠的貴州種種色相。許欽文在被生活驅逐到異鄉之後，只有追憶故鄉「父親的花園」以及種種人物。文字却是冷靜詼諧，過去是被人打進使女士們看了皺眉的諷刺文學之中。王魯彥也是鄉土文學作家，却不似許欽文爲失去地上的園林而苦惱，却是爲離開天上的樂土而煩愁的。他的文字多以詼諧的筆致寫出，因爲太冷靜，近於冷語失掉詼諧的眞味。黎錦明似乎離開故鄉很早，文字裡很少鄉土的氣息，在最早的文章，除掉少許記述兒時輕微的印象，大半是談的社交問題的，由童騃過重的烈火到出了破壘集之後，的確換了些披掛，但他故事佈置的離奇，和許傑的小說收場一樣，有時近於突兀，反使讀者覺到他的不眞。斐文中作品不多，戎馬聲中寫着怙念榆關砲火下的故鄉，爲父母驚惶的實感。李健吾的文字由最早的終條山的傳說，就看出他那絢爛的筆調，後期又發表了許多小說，到最近他又致力於戲劇。

在北京有部分人不滿意京報副刊了，於是由高長虹的奔走，拉攏了黃鵬基尙鉞向培良等人組織莽原社，推魯迅爲總編，發行週刊隨京報附送。當時聲援的人還有馮文炳馮沅君李霽野臺靜農等人。後由莽原週刊改爲未名半月刊，韋素園韋叢蕪李霽野臺靜農等爲中堅分子。但早就藏在長虹衣袋裡的狂飈運動，因爲莽原社內部的衝突，高黃尙向等人去上海便組織起狂飈社來了。論到小說的成績，黃鵬基（後署名朋其）是主張文學應該如刺，應該剛健的，並且相信「沙漠裡遍生了荊棘，中國人就會過人的生活了」的主張。在他著的荊棘和刺的文學裡，用流利詼諧的言語，諷刺着各式的人物，但流利有餘抉剔則欠深刻。尙鉞也是專主諷刺的，拿斧背作他小說的定名，就可以窺到他的用意了。不過他才力較小，以致顯着「斧背」也太輕，落到器械不良，手段生澀的譏笑。向培良的作品，既不拙笨也不造作，好似熟人相對娓娓而談，這是他早期寫飄茫的夢時的心情。到後來他成爲更強有力的虛無反抗者，於是他就離開了十字街頭，不久狂飆社散了隊，只留下反抗虛無的響亮的呼聲。

未名社因魯迅南下由韋素園主持，他是願作好的泥土，來培植奇花和喬木的人，事業的中心多重在外國文學的翻譯。當時作小說的人，如魏金枝最初發表留下鎮上的黃昏，是寫的鄉下沈滯的氛圍，這位作家到最近的成績又較以前大大轉變進步了。李霽野有時感覺銳敏，寫作有時深長細膩，但因爲太孤寂，以致不能廣傳，他的最大貢獻倒是外國文學的翻譯。臺靜農是不願寫小說的，但因爲莽原的索稿和韋素園的獎勵，地之子和建塔者終於完成了。他的作品多從民間取材，給人最大的歡欣是沒有，但將鄉間人民生活的泥土氣移到紙上，却是他最大最勤的貢獻。

文學研究會小說的總檢討：據沈雁冰說文學研究會並不曾提過集團的主張，所希望的也不過是一個著作同業公會，他們既然沒有定出文學的範圍，在當時不過認文學是應該反映社會的現象，表現並且討論一些有關人生一般的問題，基於這個籠統的觀念，於是造下一般人稱之「爲人生而藝術」的因子。我們先論早期小說月報上發表的小說吧，冰心是大家都熟知的人物，先在晨副上發表詩文，後在小說月報上發表小說，以後成了超人和往事的結集。他的小說一如其詩，用清澈的文筆，寫兒童天眞純潔的生活，給讀者一種欣喜，後來由身邊瑣事漸漸寫到青年人煩悶的心理，和反映着社會的罪惡。前者可以寄小讀者爲代表，後者可以往事爲代表。到了五卅怒潮之後，時代的鉄輪已然把文學推到了另一個方向，然而冰心又寫了第一次宴會接着又發表了分，一直到最後姑姑及南歸的出版，表示着這個作家已成過去，所留給我們的只有光榮的「回憶」了。在這裡我不得不合論一下中國的女作家。魯迅引句牙利詩人彼兒菲題B.S.夫人照像的詩：「聽說你使你的男人很幸福，我希望不至如此，因為他是苦惱的夜鶯，而今沉默在幸福裡了。苛待他罷，使他常常唱出甜美的歌來。」中國的女作家大抵可分為兩派，如馮沅君的大胆敢言，和凌叔華充分表示舊家庭婉順女性的人格，和同以秀麗文字震動文壇的綠漪，她們是終於沉默在幸福裡，與苦悶的象徵絕緣，以後也就再聽不到她們的歌唱。屬於第二派的，是廬隱和謝冰瑩丁玲白薇。她們始終脫不掉生活的苦網，所以和文學緣也就締結較深。廬隱就是在小說月報上和冰心齊名的女作家，如果說冰心是生長在溫柔家庭裡的嬌兒，廬隱就是飽經憂患的人生旅客了。她的處女作海濱故人是由天眞的女兒身漸感到處世的苦悶。第二部曼麗是在喪了丈夫後所唱的哀調，雖同是自身的叙述，但前者情感熱烈，對人生的感覺也是直接的，後者的情感比較蘊蓄，對人生的感覺較為深摯。她的歸雁集雲鷗情書集，是在同李惟建戀愛之後，熱情又從死灰中復燃起來的作品。後來仍有象牙戒指等篇發表，可惜她因生產逝世了，她一生的貢献也只可告一結束。葉紹鈞在最初的文壇，就用誠實的態度努力寫作，十餘年如一日才有著作等身的成績。他是始終以一個中產階級知識分子的眼光，寫觀察到的社會人生的種種色相，態度和平，刻劃入微，在文壇上堪稱獨步。作者因爲早婚的關係孩子很多，又因爲當過多年的中小學教師，對於兒童的心理很有眞切的認識，稻草人就是中國第一本童話集。最近幾年來作者偶見短篇，較前期更富於社會性了。落華生最早的無法投遞的郵件，是陷入愛情的苦悶中所作，後來出版的綴網勞蛛顯示着異域的風光與情調，富有宗教色彩，離人生實況較遠而與藝術的詩却相近。在最近的文學上發表過春桃等篇，還是保持着過去柔婉的筆調。近來他專研究宗教社會學，就很少見他的文學作品了。王統照早期的小說多以愛情爲題材，黃昏和一葉兩部長篇，多寫由舊制度下所演的人生悲劇，短篇春雨之夜也是寫男女青年受惡劣環境的影響，終於陷到悲觀的結局。在時代轉變之後，王氏的作品失掉時代性，當中曾沉默了一時，在最近發表了山雨和秋實，就是寫轉變時期的青年行爲和心理，近來出國遊歷一次，又發表了許多新詩，最近又主編文學月刊，我們就看他今後的發展吧。在初期的小說月報發表小說的人，除上述幾家較爲著名者外，還有張聞天發表過旅途，情節中含有中美兩國的背景與人物，雖然也是戀愛的故事，但筆鋒流利描寫深刻，還能抓到讀者的心靈。孫俍工也發表了許多小說，大都是寫青年受家庭的束縛和男女愛情的虛僞，間寫貧富階級相距太遠的；但他知道自己不是小說家，不久也就長期歇業了。王任叔發表作品很早也很多，但是缺乏偉天的氣魄，所作大半都被人遺棄了。顧仲起多寫青年苦悶的心理，反映社會環境的惡劣。徐雉兼作小說詩歌，多寫青年人失戀的悲哀，情感尚有動人之力。彭家煌和許傑早期的作品，都是寫更複雜的人物和動作，寫農村生活的，都是用的純客觀的態度，着眼在地方色彩上。彭氏享年不永，留下的小說不多，許傑却至今仍然在寫作。此外偶見一二短篇當得起佳作的，有利民的三天勞工的自述，是寫學徒生活的。潘訓的鄉心，是寫一個木匠的悲哀的。王思玷的偏枯，是寫賣女兒的貧農在親愛和飢寒交迫下掙扎的心理的。李朴園的兩孝子，是暴露世俗的虛偽孝道的。李開先的埂子上的一夜是寫四川綁匪的事。朱自清所寫的別和笑的歷史，文筆細膩，心理的刻劃也很入微。徐志摩鄭振鐸趙景深也發表了許多小說，但他們的成就都不在小說上。

論到這前期小說的成就，以創造社爲出色，不久到了大轉變時代，小說月報上也突然發現了幾顆巨星。第一個是署名茅盾的人出現，發表了三部曲——幻滅動搖追求，其實是文學研究會的中堅分子沈雁冰的化名。先時他編小說月報，對於海內外的文壇消息及作家的介紹很努力，他是左拉主義的崇信者，也寫過不少理論的介紹。到民十四他曾參加武漢政府革命的工作，政局改變他辭職到牯嶺養病，後來回到上海閉門創作，費了十月的時光，震動文壇的三部曲定成了。書中大意都是寫五四以後到大轉變時代一般青年的心理要求，先是由個人的奮鬥，後來走到集團的奮鬥，作者是把這個時代青年蛻變的心理完全烘託出來。此外又發表虹野薔薇，到最近他仍然在文壇上活躍着，並且用犀利的眼光，對一般較著名的作家都加深刻的批評。老舍也是突然出現於文壇，而以老張的哲學出名的，他姓舒名舍予北平人，他好用詼諧而誇大的文筆，描寫故都陳腐的社會和腐敗的人物，間雜着非喜劇的戀愛的故事，這種諷刺小說在那時文壇上是換了一種新鮮口味。後來又寫了趙子曰，是說北京公寓裡一般學生生活的，作風仍然保持着諷刺的風味；二馬就是作者寫倫敦的異國情調了，而且也顯示出進步來；後來又寫了小坡的生日的童話，和貓城記的理想小說。長篇小說大明湖是被燬於一二八的炮火下，最後良友出版的離婚，據他個人的自供認爲是壓卷的作品。最近他是寫短篇小說和小品詩文的，集成的趕集和櫻海集，表示出作者的短篇有的還勝過他的長篇，始終用一個知識分子的眼光，來觀察社會上種種的形相，他氣魄的雄偉在文壇是一時無與其匹的了。巴金是李芾甘的筆名，先時在創造月刊及洪水上見到過他的論文，後來在小說月報上發表了滅亡，是寫一個爲壓迫的群衆爭自由謀幸福，而去刺殺孫傳芳的戒嚴司令的故事，在當時的文壇上很使人注意。他的創造是很多的，到如今他仍在寫作，前後共發表了百萬來字，因爲作者情感熱烈，聽說中學生是很愛讀他的作品的，不過作者始終是安那其主義崇拜者，永久帶着人道主義的感傷，前衛的思想家，大半對他的作品唾棄，到現時他的譯文多於創作了。丁玲是以莎菲女士的日記，大胆寫女性的心理而震動文壇，他前期的作品如在黑暗中自殺日記一個女性等，都是表現神經質的女性種種姿態。到後期他思想改變了，發表的韋護和一九三零年春上海，就多是寫革命和戀愛的衝突，以後她發表了水和母親又有驚人的發展。不幸竟以失踪聞，到如今關於她尙在人間與否的問題，仍然有種種不同的傳說。胡也頻是丁玲的愛人，在早期的晨副及現代評論上就常作新詩和小說，後來他到了上海，思想大大的改變，作品富有革命的思想，不幸因着這個竟遭了暗殺。（可看丁玲的某夜）沈從文和丁胡多年的好友，初期靠投稿維持艱苦的生活，經他長期努力，在中國文壇上是少見的多產作家，初期多寫青年人戀愛的心理，到近來除介紹湖南的地方風光外，間羼有社會問題的成分。因爲作者比較穩健些，所以在三人中他得享長壽，記胡也頻和記丁玲就是他紀念老友的文章。在停刊以前的小說月報上，又發現了幾位新作家，施蟄存先期作品多寫青年戀愛的故事和兒時的追憶，上元燈就是這類作品的結集。到了他發表將軍的頭上四個短篇，他運用象徵色彩的文筆寫種種心理的衝突，在一時稱爲佳作。近年來他仍然寫作並主現代月刊筆政，該刊停版後他很少創作，現時是專整理國學珍本叢書的工作。因爲他提出莊子和文選爲青年必讀書，大受攻擊，又因和傅東華主編的文學鬧意見，自己辦了一回文飯小品和新文學，因爲蝕本不久也就歇業。穆時英是以著南北極出名的，在南北極小說集裡多寫上海流氓的生活，表現的純粹是「誰的胳膊粗，力氣大，誰是主子」的個人英雄行爲。到後來出版了公墓又恢復到戀愛和浪漫的享樂行爲，到近時還只在插圖小報上寫無聊消遣的文字，就他個人的作品來看是顯示漸次的沒落。張天翼似乎很早就寫小說，爲人注意還是在鬼土日記和小彼得的出版以後，在最近的文壇他是最多產的一位作家，而且描寫的範疇，也由身邊的瑣事擴大到社會的核心了。小說月報的歷史很長，發表作品的人，社員與非社員很難分，以上簡畧的敘述，只是就作品較爲稱頌一時的作家而言，並不能賅括文學研究會的全體，在這裡不得不加上一句聲明。

創造社小說成績的總檢討：論到小說的成績和影響青年較深的是創造社。郭沫若是一員主將也是一個多產作家。創造社初期作品的特色，是浪漫主義的傾向居多，郭沫若受德國的浪漫主義影響較深，他早期的詩歌小說戲劇，都充滿了尊重自我，崇拜自然，提倡反抗的思想。他先是以詩人著稱，但在創造社未成立以前，他已經寫過不少的小說，他早期的小說，可分爲二類：一、是寫古人或異國風光，來發抒個人的情感；二、是寫身邊瑣事的小說，但仍多濃厚的抒情成分。前者比較成功，而且啓後來的人摹仿也不少，他的專集如落葉塔橄欖等，是前期的代表作。我的幼年反正前後創造十年等，都是敍述一個英雄如何成長的經過，自敍傳的大部，著作還是郭氏開風氣之先。後來因爲思想左傾，在政治方面失意，避居到日本去了。自敍傳的追述，還多是在外國脫稿的。近來他專致力於甲骨金石的研究，並且在最近的文學上發表了浪花十日，我們得知他近居無恙，不過已然充分表現了老態，他的文學生活也恐與他研究的古董相同，只可放進古物博物館中，作歷史的陳蹟，讓千古人來憑弔了。

郁達夫的小說給人的印象是頹廢，其實還是浪漫主義，抹上了世紀末的色彩，他在生活重壓——性的苦悶經濟壓迫——之下，一顆熱烈的心不時發出呻吟的反抗，聲調雖說悽婉嫌弱一些，但當時確是令讀者滿同情之淚。魯迅的小說上曾說：「大蓋他是讀過沈淪的」，可見出他的作品對當時青年的影響如何了。如果說郭的作品是誇大的英雄的豪放的，那末郁的作品就是病態的弱小的婉約的了。他的作品自我的成分居多，充滿憂鬱感傷的氣味。但是作者的力量是充實的，情感是火熱的，而且結構技巧也均臻完境，在過去社會制度新舊交替下，郁氏的作品是代表許多青年人訴苦，所以他的著作最受人歡迎，在小說方面佔了重要的地位。自從文學思潮轉變後，他也曾加入了左聯，但不久就退出。中間消沉了一時，最近在東方雜誌上發表了幾篇小說，還是保持着先時的作風，在現代上努力了一篇遲桂花名作，還是和過去集裡的東西一樣，郁氏的小說生命也就眞成爲「過去」了。近來他只寫散文小品和遊記，在文學上發表住所的話，知道他有求田問舍之心，而且主編論語，他的小說是眞的歇筆了。成仿吾也是受德國浪漫主義的影響，不過在理論上他是人生派的主張。他的作品印象派及浪漫派的成分都有，除去大量的論文批評外，他還寫了一點幽婉的詩，小說只有幾篇，也是不外寫的浪漫故事和身邊瑣事。張資平早期的作品是富有寫實主義的傾向，還帶着人道主義的同情。後來他專寫愛情小說，他從日本小說裡學到的體裁及布局的方法，用流暢的文字使故事從容開展，而不覺其冗長，在最初也是最受歡迎的作者。後來專門製造由三角以至多角的戀愛故事，有時是雇了人替他著作，用他的署名竟賣到十五元千字的稿費，產量多了也就被人厭棄，現時他不大寫作了，又回到他研究地質學的老行。

在最初參加創造社的人，陶晶孫到日本去的很早，木犀就是日文寫後經郭沫若又翻譯過來的，他對於音樂戲劇的興趣很深，同時也提倡過木人戲，回國後也參加過戲劇運動，可惜創作留下的不多。何畏是關心社會學的，所作理論文獨斷多於推理，小說對於社會問題很關心，方光燾的小說不多，是一個寫實的人道主義者。勝固也近於寫實主義，所作多關乎熟識的知識階級分子，多少都加雜着愛情的穿插。張定璜和徐祖正最初也曾努過力，後來都脫離了向外去發展，鄭伯奇寫的小說不多，但是充滿着反帝和諷刺的意味，到如今他還是在戲劇和文學中兜圈子。論到初期的論戰，是由郁達夫的夕陽樓日記惹下的禍，郭成等也就出來應戰，後來防禦戰和總攻擊鬧的很凶，直到和魯迅論爭時，是文壇上最閧動的戰爭。創造社因爲被人注意了，有許多青年也先後加入了這個團體。周全平比較近於寫實有近張資平，倪貽德富於感傷情調有近郁達夫。後來周全平担任社務，不再寫作了，倪貽德也專門研究美術。嚴良才也富於傷感但筆致比較樸實些。白采的小說精於變態心理的刻劃。葉靈鳳在故事的叙述上有誘惑的力量。此外在洪水上發表過較著名的小說家，有洪爲法和樓建南（他以後的成就較大）。此外被人認爲是集團外的人，尚有淦女士（卽沅君）和敬隱漁，也在創造社的刊物上發表文字。

以上是在創造社出版的刊物上發表小說較著名的而言。此外與創造社較爲親近的作家，蔣光慈是提倡新寫實主義最力的一人，他的小說都是寫的封建制度崩潰時代的男女，充滿熱烈反抗的呼聲。但就文字上論缺欠很多，有時把原來激烈的革命思想，被人物浪漫的行動和鬆散的描寫給毀壞了，可惜他早年病故，不能充分發展他的天才。錢杏邨對於理論的批評，成就有過於他的創造，他的小說也多是寫在資本主義下被壓廹的勞動大衆，也充滿着反抗的熱情。洪靈菲也是新興文學的作家，多寫農村的破產和流浪人的生活。楊邨人先時也發表過作品，不過是被人忘記了。後來轉變了作風，在意識及創作技巧方面都有突飛的進步。在最近曾爲揭起小資產階級革命文學之旗，和文學的編者起過論爭，但這還是算的舊賬，讀者和作者都沒有先前的起勁了。魏金枝在最早也寫過不少小說，後期的作品多寫農村經濟破產的農民困苦生活，表現也很有力，到後來發表了奶媽，是說一個革命的女工的活動，在技術及意識方面都很正確，性格稍欠明瞭的徵疵也掩飾了。戴平萬是後起的新寫實主義的作家，作品雖少却佔有重要的地位。前期的都市之夜不外寫革命的兒童及無產階級的兒童，或是革命的農民的行爲。較後的作品，更充滿着反抗的精神和革命的情調。有時太重主觀離人物的現實稍遠，是他的作品的缺點，但在普羅文學初期的創作中，却不能不說是較佳的收穫。

最近文壇小說的檢討：自從一二八後各地大小刊物風行以來，我們又見到許多小說發表了。當然中間以先時的老作家居多，或先是老作家又化名在文壇上出現。著者見聞有限，當然檢討這一時期的小說最不易。此中如茅盾老舍巴金沈從文施蟄存穆時英張天翼王魯彥姚蓬子等，均有大量的生產。其他落華生許欽文王任叔許傑王統照蹇先艾冰心凌叔華杜衡郁達夫等人也時常發表作品。其他的先時老作家如魯迅等專致力於翻譯，林語堂周作人等專致力於小品文的提倡，如田漢洪深等還在劇壇上活躍着。如果說到最近新進小說作家，有下列各位：

章靳以在先時發表的作品，不甚被人注意，自從在現代文學及文學季刊上發表的作品多了，作者的天才也漸漸被人認識了。不過作者以寫男女的愛情爲多，連最近發表的秋花也是如此，在意識方面並沒有什麼新貢獻。陳白塵最近寫幾篇監獄生活的小說，是不易多覯的佳作。吳組緗是以一千八百担震動文壇，西柳集和樊家鋪是最近小說中稀見的創獲。郭源新是鄭振鐸的化名，所作神的滅亡等篇，雖以古希腊神話故事爲體裁，但意識的表現，亦較他的家庭的故事爲進步。羅西先時的作品，淺薄的汚穢的戀愛揷圖，是使人不願提起的，近來改名歐陽山的作品，在內容及形式方面，雖仍多商討的餘地，但較之本人的前作確是進步了很多。常在雜誌發表文章的，艾蕪介紹海外的風光，蘆焚的地方描寫，周文的寫兵士的生活，萬迪鶴的寫知識階級及農民生活，何家槐的寫家庭事故的心理，李輝英的寫事變後東北的情形。其他如王家棫蔣牧良蕭軍何穀天等人的作品也在水平線以上。在這裡不得不提到的是新文學創刊號上有徐盈的民衆教育館，運用新穎的手法，寫出城隍廟熱鬧的大場面；澎島飯館的故事，運用方言寫鄉下人開飯館鬧到破產的成功。作者雖說是眼生，却給了我們一種欣喜。

以至最近舒群發表了沒有祖國的孩子，雖說題目有點和美國的作品相似，但是他却具有東方式的典型。最近文學的集子，生活出版的創作文庫及叢書，良友的文學叢書，文化生活社的文學叢刋，都是較爲可讀的著作。爲篇幅及見聞所限，本節的敘述暫止於此。

總結以上小說的流變史來看，初期的作品多寫戀愛心理及青年的身邊故事，動機大半是純潔的，還不失「爲藝術而藝術」的本旨。到了中期的作品有的還在舊體裁中轉圓圈，有的就要有主義來宣傳了，同時爲了賣稿的關係，不得不迎合主顧的心理，其動機已然沒有初期的純正。但是這種宣傳的文章，却也自有他相當的成就，雖說內質相差還遠，但爲中國的小說史，造成了一個燦爛的黃金時代。到了近期的目下，說起來很可憐，一部分不長進的老作家，在文壇上把持操縱着一切，試看那個刋物不是被一些人壟斷着，對新進作家作品求之甚苛，然而實質却勝過五四前後成名的佳作，可惜他們生也較晚，錯過了容易成名的時代。這種現象却不必悲觀，試看新近作家的描寫範圍，及手法的運用，我們不時發現一二稀有的寶石，而內容也漸次推到「眞的大衆」的身上了。我只希望新進的作家努力，掃蕩了文壇上不三不四的昏庸老朽們，在這個潛伏的蛻化時期，正是促成未來文學主潮的反動。

第九章　二十年來之戲劇

戲劇興起的經過：這次話劇運動的興起，一方面由於中國舊劇的衰微，本身缺乏眞正的價值；一方是受外來思潮的影響。中國最早的話劇是由西洋人開辦的學校首先發起的，如上海基督教約翰書院及徐家滙公學，先用外國文演歐西故事。後來上海南洋公學及南洋中學民立中學，都先後有新劇出演，在近代戲劇史上很努力的汪優游（卽汪仲賢），就是民立中學的畢業生。以後在國內有許多學校劇團出現，到了日本留學生李叔同等在東京組織春柳社，出演茶花生遺事，才聲勢大振，近代話劇家歐陽予倩就是春柳社的基本社員。以上是在清末的事，到了民初先後成立的劇團更多，現時黨國要人戴季陶，爲了民權報的勸捐也曾登台現身說法，就是最好的例子。那時演的劇本大體分爲兩種：一種由西洋翻譯過來的；一種把是中國的革命英雄搬上舞台以刺激人心（如潘烈士投海等是），還有是爲募捐襄贊善舉，近於後來的演義務劇。論到對於中國話劇影響最大的是外國翻譯的劇作，因爲中國正在革命，所以法國莫里哀的鳴不平，和波蘭廖抗夫的夜未央介紹過來了。到了新青年提倡文學運動，易卜生的問題劇，也先後譯成中文。接着發表了許多討論戲劇的文章，於是對於舊劇的評價重新估定，認爲有根本改革的必要，話劇的價值才漸受國人所重視，於是戲劇改良的運動，也隨之興起。

戲劇的討論：在民七前後的新青年上登載了傅斯年的戲劇改良各面觀，歐陽予倩的予之戲劇改良觀，傅斯年的再論戲劇改良，宋春舫的近世名戲百種目，戲劇才與小說同樣的被人重視。後來胡適發表了文學進化觀念與戲劇改良，他說：「文學乃是人類生活的一種記載，人類生活隨時代變遷，故文學也隨時代變遷，故一時代有一時代的文學」。仍是依照文學進化的眼光，說話劇是應當代舊劇而爲時代主潮的，當時對於戲劇改良的主張頗有不同，錢玄同鄙棄京戲的既無理想，文章又惡劣不通，毫無文學價值，至於戲子打臉的離奇，舞台設備的幼稚，在形式方面也多不合理。劉復在予之文學改良觀裡說，無論南曲北曲都須用當代方言來描寫，推崇崑曲賤視皮簧是泥古的謬見。皮簧是通俗可取的，崑曲應退於歷史藝術的地位，讓一部分人去保存它，大多數的人可致力皮簧的改良。又主張凡皮簧裡的一人獨唱，二人對唱，二人對打，多人對打，和報名，唱引，繞場上下，擺對相迎，兵卒繞場，大小起覇等的惡腔死調，均當一掃而空，另以合乎情理，富於美感的事物來代替。錢是根本否認舊劇的價值，劉是主張改良皮簧的。宋春舫也是主張保存舊劇的人，同時還對於當時流行的文明戲大加駁斥。宋氏的理論認爲歌劇與白話劇應該並存，中國的舊劇可視爲歌劇，只須稍加改革是可以保存的；胡適是教人學習西洋劇，寫了白話劇，可以做傳播思想改善人生的工具，易卜生的被介紹就是根據了這個用意。傅斯年是同意胡適「以戲劇爲工具」的主張，至於論舊劇的惡劣：人物多是獨夫，宦官，宮妾，權臣，姦雄，謀士，佞妄；事跡是篡位，爭國，割據，吞併，陰謀，宴樂，流離；批評得更爲透澈。對於新文學剛在發生時代，創作劇本恐怕不易，翻譯西洋戲搬到中國舞台，恐怕與觀衆不適宜，又提出參照西洋戲劇的作法，就中國社會問題取材，作創作的資料，是較之胡適只提出翻譯西洋名劇，更爲切合實際的要求。他對於編製劇本的方法，有六個具體的條件：一、材料應當由現社會中取材，二、結局避免大團圓的，三、事跡不應當脫開日常的生活，四、人物應當平易不可過奇，五、劇情不一定善惡分明，要引起人批評判斷的興味，六、使觀衆於戲劇動作之外，得到一點眞理的認識。在戲劇討論時期，總算以傅斯年的見解爲週到，對於劇作的方法，更有具體的方案。

初期戲劇運動：初期討論的文字非常充實，而創造太缺乏，只有胡適終身大事作代表，作者寫作時是按趣劇來寫的，不過終身大事，確是當時青年所亟待解決的問題，也可以當社會劇看。劇本女主人公最後的出走，難倒了當時的女士，沒人敢扮演，也可以知道中國的娜拉確是少見的。在民國十年有沈雁冰鄭振鐸陳大悲歐陽予倩汪仲賢等，組織了一個民衆戲劇社，他們的宗旨不是營業，而以提倡藝術的新劇爲宗旨。事業的實行是試演世界名劇或自編劇本，研究是發行刊物以作宣傳。主編的戲劇由中華書局出了六期，帮忙的除發起人外還有蒲伯英王統照耿濟之瞿世英宋春舫葉紹鈞等。在該刋上蒲伯英曾攻擊「京劇」的形式及內容，陸明悔攻擊「海派」的機關佈景，五音聯彈，特別行頭，和來去無踪的神仙俠客等內容，稱之爲魔術派戲劇。鄭振鐸攻擊當時流行的文明劇，稱之爲假新戲。陳大悲對於舊劇的不適用，和文明戲的腐敗一齊攻擊，比前期傅斯年的批評更切實際。

他們旣然主張實踐，所以對於舞台技術，及表演方法都有論列，關於演劇人對舞台管理及組織的改善，均應有遵守的責任。新劇作家本身也應當覺悟，用非職業劇社的精神，來改革商業化的低級趣味戲劇。在初期提倡戲劇的時候，人們對於話劇的信心都表示懷疑，所以民國十年，汪仲賢勸說上海夏月潤夏月珊周鳳文等舊戲子，扮演蕭伯納的華倫夫人之職業，不但票價較平常最少的日子少賣四成座，而且觀衆在未終場就退出了，事前還大登廣告呢。有了這一次的失敗，使話劇運動家抛掉許多理想的見解，更注意到客觀事實的問題。到十一年，蒲伯英個人出資在北京創辦人戲藝劇專門學校，他雖不贊成商業化的劇團，以謀利爲目的，但他是主張應該提倡職業劇團的。當時蒲爲校長，陳大悲爲教務長，汪仲賢曾給他們一封信，希望他們的學校造就三種人材：一·演劇的人材，二·編劇的人材，三·戲劇的師範生。陳氏的覆信不主張分工，應該使學生對於知識有全能的認識，並且招生嚴格，怕落到「誤人光陰」的惡評。首次在自建的新明劇場，出演陳大悲的英雄與美人，後來蒲伯英寫過道義之交，是揭穿社會上某一種黑幕的，濶人的孝道是揭穿濶人虛僞的孝道的。陳大悲的劇，多利用事實的出奇，和情節的曲折來刺激觀衆，多半近於空想的鬧劇，比較以幽蘭女士寫北京某種醜惡生活，還較近於實際，這期作品以汪仲賢的好兒子寫的最近現實的生活。當時的學生如王泊生吳瑞燕徐公美徐葆炎等，以後對於戲劇也參加了不少工作。

前期參加戲劇的人，如汪仲賢陳大悲歐陽予倩等都是演文明戲出身，自身感覺到不滿才起來予以改新。同時的田漢郭沫若成仿吾等是創造社的基本社員，田漢在創造季刊第一期發表了咖啡店的一夜，在第二期發表了午飯之前，到第四期因爲和成仿吾個人的關係退出了，另組南國社刊行南國月刊。咖啡店的一夜到獲虎之夜，都是充滿着反封建色彩。前者寫的是一般的市民，後者却是湖南的鄉村。當時郭沫若寫了反封建的三個叛逆女性——卓文君王昭君聶嫈，聽說當時有的地方上演過，鬧了很大的風潮。成仿吾也寫過男性的娜拉歡迎會，不過較為草率一些。沈雁冰鄭振鐸葉紹鈞是文學研直會的中堅分子，沈鄭發表戲劇的理論很不少，創作却沒有，葉紹鈞的展覽會，寫封建思想下幾個作教員的頑固的成見，暗示着在現在的中國社會裡作事，是得常和一般人起衝突的。在這一期的創作，有一個相同的觀念，就是對封建勢力的反抗，不過覺着稍嫌露骨，有點宣傳的味道。

歐陽予倩是兼有演員劇作家導演家的天才。他對於戲劇的意見，要打破因襲的觀念，要擴大研究的範圍，他的囘家以後，就打破了以前專寫反封建的體裁，而寫湖南一個書香人家的戀愛喜劇，女主人公對於事態應付的聰敏，寫的非常舒帖。洪深也是和歐陽予倩一樣具備有三種才能，他是美國戲劇名家倍克的學生，趙閻王是第一次直奉戰爭後，作者在火車上聽到的零碎消息，受了感觸寫成的。第二幕後的在樹林裡轉圈子以及神經錯亂的種種表演，都是借用歐尼爾的瓊斯皇中的背景與事實，但在當時的劇壇上却是一篇稀見的佳作。洪氏的少奶的扇子，是開改譯的先例，而且看來完全適全中國的劇情。在這時期還有寫戀愛的，是張聞天底青春之愛和谷鳳田的蘭溪女士。丁西林的壓迫，是寫北京一種生活，一隻馬蜂在當時是被陳西瀅推為十大名著之一，作者寫獨幕的喜劇，的確有獨到之處。白薇的琳麗寫來充滿熱情，主人公「歌斯得里」的性格，詩的劇辭，是比較難演一些，這書也是西瀅推重的女作家名著之一。此外朋其作過刮臉之晨是誇張的趣劇，向培良的暗嫩也是寫變態的心理。侯曜和濮舜卿先是同學後爲夫婦，作風差不多一樣，侯的山河淚和濮的人間的樂園，書生的說教氣味太重，侯曜作過許多作品，仍是一貫着他的作風。谷劍塵的冷飯是寫下層社會痛苦生活的事實，胡也頻的瓦匠之家也是充分表現着社會性，後來他的小說戲劇更爲激烈些。

北平美術專門學校設了戲劇系，由余上沅趙太侔聞一多諸人主持，他們是有宏大的企圖的，後余趙等相繼離去，由熊佛西繼續維持，可惜辦理不善，被政府解散了。他們在劇刊上提倡國戲運動，余上沅認戲劇爲超人生的藝術，可惜他劇作不多，余上沅在美國時寫的兵變趣劇，有一種特殊的技巧，熊佛西是和陳大悲同流的人物，理論高過陳，而寫作的手法他也自承受陳的影響很深。他認戲劇有趣味就算上品，並且重視形式——但多曲解，他早期作的青春的悲哀，還不失謙和的態度，後來自認爲「兼通中西劇藝的專家」，中期的作品洪深在新文學大系戲劇集，竟選了他的洋狀元，洪氏的意思說：「這也代表一種作風」，其實是使他當塲出醜，有意開他的頑笑。在此後相繼出了徐公美的岐途，徐葆炎的受戒，胡山源的風塵三俠，楊蔭深的一陣狂風等，在技巧及內客方面，都沒有什麼精到之處。這時候戲劇上演得很多，但觀衆的要求不同，有的注重提倡風化，有的注重戲劇演出的成績。同時演劇方面，往往為角色的分配鬧意見，或者不肯盡力排演，因之沒有突飛猛進的現象。不久話劇家為生活所迫，或另有其他試驗精神，都先後加入了電影公司，担任編劇或導演之責，或者在政府特設的機關下，仍為話劇努力，這是以後的普通情形。

後期戲劇運動：前期戲劇家到現時仍在努力的人第一個是洪深，他自從創作了趙閻王，改譯了王爾德的少奶奶的扇子和巴雷的第二夢，一舉成名之後，對於復旦劇社和戲劇協社的導演成功，有他作事謹慎的態度，又肯負責，所以在最近的話劇或電影界中，他是握有很大的威權。他後期的作品，據說有寫農村生活的三部曲，現時只發表了五奎橋和香稻米，不但在意識方面是很好的，在各處上演也獲到很大的成功。近來作了許多電影脚本，大都在電通和明星公司攝製。田漢是不論在任何情況下，一直努力戲劇的人。他後期的作品反帝的色彩很深，已出戲曲集多種都先後被禁了。不久的以前，因為某種原故下了一次獄，現時已保釋出來。近著回春之曲還是一貫着先時的作風，但態度較為溫和一點。記得在田漢洪深初次合作時，洪深提出了五種大困難：一、沒有劇本，二、沒有演員，三、沒有金錢，四、沒有劇場，五、沒有觀衆。然而田漢是不怕「跌打罵窮」的硬漢，他自己努力勝過了一切困難。田漢負了債來窮幹，洪漢犧牲復旦半年的薪金，專為西哈諾的演出，這兩人有如此的魄力，在戲劇史上佔了重要的位置是當然的了。熊佛西劇作很多，大都近於低級趣味，專以鬥人着笑爲目的，在劇作的本身，文字思想都不使人滿意，但上演後卻可以聳動觀衆。近來他參加定縣的民教戲劇工作，作品的風味與先前有些不同了。余上沅近來主持南京的戲劇學校，余爲校長，名導演家應雲衞爲教務長，導師有馬彥祥等。在去年他們公演張道藩和馬彥祥的劇，田漢歐陽予倩唐槐秋等也都參加，洪深由青島趕去担任導演，是最近提倡話劇最力的團體，馬彥祥是洪深最得意的弟子，先時是上海復旦劇社和辛酉劇社的中堅分子。後來指導齊魯劇社，公演梅蘿香和趙閻王及戲等，在北方的學校劇團成績算是最好。袁牧之對於戲劇的扮演最爲擅長，很受洪深的賞識。其他對於劇作較好的，如朱端鈞馮乃超鄭伯奇顧仲彝等是由文人參加戲劇的工作，王瑩金焰陳波兒等是以電影演員參加話劇的。

在最近還有較爲可述的，是唐槐秋戴涯等組織的中國旅行劇社，在窮苦的掙扎下到各處出演，是提倡話劇有力的職業團體。山東省立劇院王泊生爲院長，他的太太吳瑞燕掌教務，該院是以舊劇爲中心，間有話劇排演，在去年他提倡新歌劇反對話劇，馬彥祥糾合同志向他圍攻，是最近較爲熱鬧的一場論爭。至於其他小團體還多得很，不過成績都不大好，爲省篇幅也就不再詳論了。

今後戲劇的趨勢：舊劇是封建思想的殘餘，梅蘭芳和程艷秋輩都先後到過外國宣傳中國藝術，而話劇始終沒有打出學校和知識階級的範圍，爲掃蕩舊劇的勢力，建立話劇的王國，我有幾件意見要申述：一、寫劇本不必一定拘泥三一律和第四堵墻的導守，要以適宜於經濟條件和觀衆爲依歸，歐尼爾的劇作成功是我們最好的榜樣；二、取材方面不要只注重於知識分子熟悉的生活，應該取材於大衆，爲的是將來打進普通的人群；三、爲求通俗化我們不得不採取大衆的語彙，避免過去民衆不瞭解的隔閡；四、劇社的組織要紀律化，導演的指揮和角色的派定，演員要各忠其職，不要像先前的鬧意見以致使劇團解體；五、在得不到政府的輔助時，最好聯合話劇界的人材，作大規模的話劇運動，對於事實的進行定然順利。

總之戲劇是動的藝術，可作推廣教育的工具，也可作人生自覺的一面鏡子，努力提倡是劇運家所應該注意的，現時話劇雖覺消沉，但是一般人材都加進電影界了，如果藉着電影的宣傳，較比話劇還可以廣吸觀衆，在現在話劇和電影攜手的時候，我們更要虔誠的祝禱他們努力。

第十章　二十年來之散文小品

散文小品起源：散文起源很早，最早的六經，除詩經外其他都是散文，在古代一提到文章，意思就指的散文，並沒有散文的名詞單獨成立。到了六朝「文」「筆」分家，以有韻者爲文，無韻者爲筆，於是駢文和散文才畧有區別。論到散文的基本條件，第一是無韻不駢的文章了，但是就近代的散文形式來看，却是來源於西洋，中國古代的政體，社會制度，以及家族思想，都包括在尊君衞道和孝親之下，表現於文章的也不外乎這種想想，我們遍讀古代的經書和古文就知道了。到了民國思潮轉變了，所以富於個性的散文小品也發達到文學的極致。胡適在五十年來之中國文學裡，便很推崇周作人等文筆平淡而意味深刻的小品散文。梁實秋是對過於自然而忽畧藝術，以致淪於粗陋之途的散文大加斥駁，他主張散文不但要有感情，還應當有文調。到了最近林語堂提倡個人文體，無論所寫是什麼都應當把作者個性滲進去。同時他要擴大散文的範圍，在人間世的發刋詞裏就提到「宇宙之大，蒼蠅之微，無不可談」。反對的人雖挖苦他說：「只見蒼蠅，不見宇宙」，但林語堂的主張，在原則上是無可訾議的，至於或談宇宙或談蒼蠅，那就看作者觀察之所及了。最近幽默小品的盛行，充滿着冷嘲熱諷，是和蘇軾的「喜笑怒罵皆成文章」相同的。

散文小品文特質：小品文是散文中比較短而有特別情趣和興味的，中國過去的作品，也有這種特色的文章，不過他們是偶因興之所至，縱筆寫下來而已，還談不到有意的創作。在外國的論文裡分爲兩派：一是學術性的批評文，二是藝術性的記述或抒情文，後者就是所謂小品文了。小品文的本身也和其他文藝作品一樣，是作者個性及人格的自我表現，根據廚川白村說：「文藝是嚴肅而且沉痛的人間苦的象徵。」有了內在個性表現的慾求，和受外界社會生活的壓迫，在這兩種衝突下構成了人間苦，這是文藝的所以發生。在純以抒情爲職志而不受任何限制的小品，對於自我的表現是很適宜的，因爲人的眞實的姿態，不是在正襟危坐道貌岸然時所可窺到，是常顯現於日常生活不介意的片言隻語中。本來文學的園地裡只有詩歌小說戲劇三種，這後起的散文小品在文學領域裡佔一席位，却是最近的事。因爲詩歌小說戲劇，是謹嚴些，在音節描寫及體裁上，都有許多規律要遵守，散文小品却自由得多，陳西瀅標自己的小品爲「閒話」，就是一個有趣而切當的註解。至於最近中國爲什麼散文小品很發達呢？這也有它所以發達的理由：

散文小品發達的原因：新文學運動以來，小說詩歌戲劇的產量最多，但就成績而論却不及散文小品的造詣深。由曾孟樸一直到胡適，都是這樣主張，原因也是小說等較爲難作，反不如小品的獨抒性靈易於奏效。近年來各刊物大都闢有小品一欄，夏丏尊劉薰宇編文章作法特闢一章來講述，到最近專刊小品的雜誌更多。因爲就現代生活的趨勢來論，由長的敍事詩到五七言的律絕，由五幕二十景的劇到最近的獨幕劇，由章回體的長篇小說到最近精采簡練的短篇。這種由繁趨簡的原因，都是因爲受了生活的影響，長篇鉅著的寫作，必須有長期的觀察和持久的毅力，遠不如在靈感浮動的一剎那，便敏捷的抒寫出來易於捉到眞的靈感。這是由寫作來論；就讀者來論，理由更明顯，用不到再詳說了。至於就歷史背景而論，中國的小品發表，雖是近幾年的事，然而它的根源却是「古已有之」的。先秦諸子及兩漢的文章，就多有抒寫個人實際生活的感想。不幸到六朝遭了形式雕琢，內容空虛的厄運。然而特拔之士如陶淵明，却作了不少佳妙小品；唐宋時代的文人，在六朝金粉氣勢力漸銷時，給我們留下不少絕妙的遊記圖書；明代文人在競唱復古聲中，名士們却另闢了一種抒情的小品，到如今正在支配着整個文壇。小品文雖說是中國「本位文化」，但自從新文學運動以來，受外洋文學思潮的影響，現時的小品文作家，都直接間接受了影響，所以現時的散文小品，是中國本位文學和外洋文學的混合兒，所以才較之「古已有之」的散文，有了青出於藍的成績。

初期散文小品的代表作：論到新文學運動初期的散文，是以魯迅周作人弟兄爲最著。魯迅的散文著作很多，他的文字以冷雋詼諧見長，簡煉得如一把匕首，可以寸鐵殺人。他的諷刺的文筆是辛辣刻薄的。態度是一味急進，不稍容緩的，他對看到的社會或人性的黑暗面，都加以誅心之論，這是他受青年和學者以及社會的暗箭後，所必然造成的結果。人們只看到魯迅鉄青靑的一幅臉孔，然而在心內却含着一腔熱血和同情，實際說他是最富於感情的人。他對於老大中國的民族性，觀察得最深刻，他的思想又富於反抗的精神，時時在那裡挖古老社會的毒瘡。他的野草和熱風，歐化的文體，乍看似平淡而實深刻，似詼諧而實莊嚴。到了寫華蓋集的時候，和人論爭，只抓住其中的要點，三言兩語就致敵人於死命，其次的放過不問。所以他前後和孤桐（章士釗）戰，和長虹戰，和西瀅戰，以至最後受創造社的圍攻，他都從容的應付過去了。近來他的文章在查禁下仍出版了南腔北調僞自由書貳心集等，魯迅老而弗懈的精神，是我們異常欽佩的。

周作人是他的弟弟，所處時代及所學的初基，都是相同的，在思想的基本上有許多相同點，不過後來所處環境不同，以致文章風格迥然有異。周作人的文字以幽默淸峻見長，初看似覺散漫瑣碎，但信筆所至有舒卷自如之妙。他的幽默的態度是和藹的而時用反語，他酷愛和平，想以人類的互愛來促進社會，不必用流血的犧牲。他的理智最強，是以博學見稱一時的，胡適等人都對他備加推崇。但是時代思潮轉變之後，對他影響如何？郁達夫說的好：「他知道空喊革命，多負犧牲，是無益的，所以就走進了十字街頭的塔，在那裡散放紅綠的燈光，悠閒地，但也不息地負起了他的使命；他以為思想上的改革，基本的工作當然還是要做的，紅的綠的燈光的放送，便是給路人的指示；可是到了夜半清閒，行人稀少的當兒，自己賞玩賞玩這燈光的色彩，玄想玄想那天上的星辰，裝聾做啞，喝一口苦茶以潤潤喉舌，倒也是於世無損，於己有益的玩意兒。」不錯，這種批評太妙於形容了。我們看看近來周作人力追明人的蒼老遒勁，爐火純青的文字，還是於談草木虫魚的瑣事外，只有個人「看雲」和吃「苦茶」，在現時險象環生危機四伏下，我們真覺到周作人如羲皇上人，涵養得連蒼蠅在臉上抓爬，也會不施以揮手去，靜之極也就等於朽木，周氏所留給我們的，只剩光榮的回憶了。

散文小品總檢討：俞平伯是詩人兼散文家，專集有劍鞘（與葉紹鈞合著）雜拌儿燕知草等，他早期的作品運用文言的簡潔，來寫較為自由流利的白話，文字優美傳誦一時。到了最近在人間世等刊物發表的稿件，用文白相間的文體，故意寫得枯澀蒼老，力量欠充實，有的作品還毫無思想，可以說這位先生成為過去了，新近還不時在逸經上作幾首歪詩。朱自清雖以詩著，而散文却富有詩意，在友誼方面與俞平伯很交厚，早期的作風大半相同，他的文集有蹤跡和背影，細膩精煉，不啻多幅美麗的畫圖。他新由歐洲歸來寫了一本遊記，是最近較好的作品。王統照生長在山東，富有北人的氣概，文字雖緻密，但是詞語渾厚有時覺，得凝滯一些，最近歐遊歸來，擴大了他的視野，想當能有好作品貢獻我們了。鄭振鐸是以編輯見稱於時，先期所作散文，富有細膩的風味，在山中雜記裡寫家居及別離之苦的文字，也很富有悽婉蕩漾的柔情，最近他專致力考據不大寫文藝作品了。許地山的散文富有南方細膩柔婉的味道，他對於異域居住較久，又性好印度哲學，因之點染到他的文字上，也另有一種特殊的風格。葉紹鈞的作品統是風格謹嚴，很能把握住現實，從最早直到現在，仍是腳踏實地的工作，是對於文學努力很久而貢獻很大的人。豐子愷的散文細膩深沉，很合他近於佛思學想的風致相同，他的漫畫著名一時，可改用批評王維的話說，他「文中有畫，畫中有詩」。孫福熙也是一個畫家，他的散文就等於用文字記下的圖畫，不過文字秀麗有餘，而宏偉不足，味道稍淡一些。他的哥哥伏園也有一本遊記，事實比較多些，而淡雅則不如乃弟。最近福熙專心作畫，伏園致力平教，就最近以前二孫同曾仲鳴合著法國作客時的遊記，也沒顯示出怎樣轉變來。茅盾是早就從事文學，不過先期多作「媒婆」的翻譯和理論的介紹，由五卅以至最近作品才多了。他的文字以觀察社會的問題爲多。如果說他人的散文是作者故意逗弄絢爛的筆花；而茅盾的散文，就是運用周密的觀察和分析，文字更合於適用了。林語堂的外國文很好，中文早年是不大成的。記得在北京和魯迅等人合作，那時才開始學寫文章。據他早期剪拂集的祝土匪等文來看，他的朋友都說他「生性戇直，渾樸天眞」大概是對的。他在書生本色下，對於因襲的社會制度和傳統的道德思想，大加抨擊，在當時可與「黑旋風」的板斧相比，較之魯迅的熱風那種含譏帶諷的文字，雖嫌淺露却見出作者眞誠勇猛的魄力。他到最近沉溺風雅，提倡性靈，他人以隱士目之，他還自以叛逆者自比——對社會消極的抵抗，一意的孤行。郁達夫比他爲「瘋狂致死的超人尼采」，也許落北平話：「後臺喊好」的嫌疑。公安竟陵的見重一時，幽默小品的喧騰一世，是他和周作人鬧起來的，但末流却失去林周眞正的幽默味。試看如今有多少變相的笑林廣記出現？林氏據說已過了不惑之年，如今又到新大陸去講學，介紹影梅庵詩集……等過去。嗚呼！中國的國粹就剩這堆了。林氏渡美之後，董小苑汪辟疆（非今人）的故事又一定傳誦一時，「董小苑是否林黛玉考？」也許又舊話重提，作篇論文，把美國大學博士嚇倒吧。徐志摩著有自剖和巴黎的鱗爪等書，他在當代負有詩譽，散文也是以美麗的詞藻，新奇的裝飾，特異的風格見長，可作爲貴族奢侈的生活一種滋養品，不過在烜染之間太濃，過事雕琢反失文之眞美。陳西瀅所寫的「閒話」，多社會批評及個人雜感，有的自然雋永可愛，有的政論文色影太深，失掉文學之美。章衣萍的隨筆專寫身邊瑣事，及友朋的趣話軼聞，頗可供茶餘酒後的消遣，是專以趣味吸引讀者的。

這時期女作家的散文有的頗好，冰心是詩人兼小說家，他的散文作品却富有詩意，寄小讀者是見重當代的佳作。綠漪（蘇梅字雪林）是温柔和靄的人，所作散文如小陽春天氣，有些醉人；有時又似春天，使人覺到世上無處不甜美可愛。他所作綠天棘心等小說，散文詩的氣味很濃。早年對舊詩及考據均有心得，近在武漢大學任教職，所作關於近代文人評論，散見於各雜誌上，是近年少見的佳作。曾樸曾評她的舊詩有男性的氣魄說：「全身脫盡鉛華氣，始信中閨有大蘇。」其實她的散文却極富於女性的温柔。和她作風相反的是陳學昭，著有倦旅和烟霞伴侶等，都帶着秋天肅殺的氣氛，所作憶巴黎又帶着北風怒吼的哀怨了。王世穎與徐蔚南合著龍山夢痕，王有倥傯，徐有春之花，二人文字相似，都是抒情述景的很好小品。徐霞村著有巴黎之春，謝六逸有水沫集，鍾敬文有西湖漫拾，亦一時可讀之作。

創造社的郭沫若郁達夫的散文遊記也有很好的作品，到近年郁達夫所作更多，有時還比他的小說較好。劉半農和劉大白散文偏於說理，純粹的美文寫的不多，這許是他個人興趣的關係。學周作人體的徐祖正廢名，所作散文較周作人具體而微。

最近小品的趨勢：最近文壇上小品刊物多極了，但好作品却不多。有的還保持着個人固有的作風，除上述各家至今仍在寫作者外，其他如巴金的旅途隨筆，艾蕪的飄流雜記，小默的歐遊漫談，是遊記兼抒情的。曹聚仁的筆端，傅東華的山胡桃集，鄭振鐸的刀劍集，朱湘的中書集，時於文字中見到對於敵人施放的冷箭。最近幽默體下的文章好談瑣碎的事，即所謂由「宇宙以至蒼蠅無所不談」，有徐懋庸的打雜集，柳提的街頭講話，老舍的幽默詩文選，還有徐訏老向（王向辰）姚穎周木齋等人。站在藝術的立場上寫作的人，有朱光潛李廣田何其芳等人。在人間世上發表短煉的文章的，除林語堂周作人劉半農俞平伯等人外，還有陳子展葉永蓁（他的小小十年魯迅很推重）。近來逸經由簡又文和謝興堯主辦，所載多歷史軼聞及史料掇拾，有時也見到美麗的短篇。大華烈士（即簡又文）先時寫西北風，今又有風東南陰陽風出現，將來不知道還有什麼風，在小品中也別成一格，不過終似小孩玩耍的碎石子，拿着好玩，毫無實用，既不真正美，又不成整塊的材料。但是聽說拿到讀者的手，有的還不肯棄捨，這也足以代表現時讀者意見的向往了。總之現時小品雖盛行，袁中郎也正抬高了時價，我相信這不能算是一種主潮，不久就會被未來的大潮，鼓蕩它一個乾乾淨淨。

後記

編這本書的動機，是很早以前的事。遠源於四年前編過的中國新文藝提要，和稿本中國文壇現狀及其代表作。後來個人思想改變，着手中國文化史，中國平民文學史，和中國學術史三部工作，以致遲遲未竟全功。初稿曾請老舍先生檢閱過一次，他曾催促我早日完成，這種工作怕被他人佔了先去。那時我的計劃很大：凡文壇上有名的作家，都計劃着作一評傳，並說明每一個文學團體的背景，及對於中國文學的影響。事隔一年，終因大學出版部的編輯忙，和各團體的辦事忙，當時替書局主編的兩種月刊，稿件都集好，終因登記證遲遲未下，以致胎死腹中；接着和馬彥祥先生組織劇社，又把興趣轉到了戲劇方面，本書的工作，竟一直延宕下去。

今年春重來廣州，除課務外，文字的應酬，是發表了幾篇關於學術的稿件。個人處在時局紊亂的南國，同時關心着謠言蜚起的家鄉——故都，更打不起完成舊願的心情。暑假我和非南來北往的計劃，都先後成了畫餅。非今暑有講習會，勸我也忍到來年再作歸計，半年中往返南北，怕與我諸多不便，何況政局還罩在陰霾中。我們的計劃定了，於是決計利用暑假來寫作，這是本書完成的來由。

現在先引厨川白村一句話：「文藝是苦悶的象徵」，本書的寫成與此有點相似。讓我說說本書寫作的背景吧：

往年的暑假，都和朋友們在故都消磨了。今年，除去友朋偶然來訪外，就終日靜坐斗室裡，白晝與黑夜，我無須辨認，只知按照刻板的軌道——寫稿與校稿——前馳。廣州的天氣熱得怕人，白天的工作有時很遲滯；夜晚大可動手了，但今年的颶風很多，驟雨打窗，文思也往往被雨聲吸引了去。有時在風雨交襲之下，閉了門窗靜心寫作，是熱得難當的；開窗，北風狂捲，吹得屋裡的紙張書籍蝴蝶似的亂舞；開門，南面的雨已經越過門檻打進了一尺。但，工作鞭策着我，卷子是一定要交的，我體會到馬克斯在兒女啼哭聲中，完成資本論的難處了——我並不敢和馬克斯相比。

感謝天，有些日子居然放晴了；有些夜晚也居然靜朗朗，而且眞是「清風徐來」的——連四季纏着人亂咬的蚊子也站不住脚——我於是拼命的抓着這「稍縱卽逝」的時光，努力的寫，寫下去，到今天居然——第三個居然——完成了。而且月色淸幽，連多日聽不到的粵謳，又播送到我的耳鼓來，這是多麼可喜。

由此，我推到人生的事業，大半是如此的。在安逸中有時使人麻醉，反不如苦難之催人振作。在事件開始時，往往苦多於樂，但經過努力的苦鬥之後，看到自己親手做的成績，當素心人微笑的一剎那，至少可以使苦樂相抵。

本事就暫止於此了。原意要附錄二十年來的翻譯文學，兒童文學，國故及平民文學的整理。因爲篇幅及課室授課時間所限，把它删去了。關於翻譯文學的「直譯」「硬譯」問題，和「順而不信」「信而不順」的問題，我們先不討論。嚴又陵的譯學三箴——信達雅，除去雅字其他是應當尊守的。至於譯書的選擇，也應當有整個的計劃，不可信手抓到一本就亂譯。

國故的整理清代學者的勞績最深，但是欠缺科學的方法，有的古籍還蒙着多年的積垢。近年來胡適顧頡剛等的成績如何？浮光掠影和過於獨斷處，尚須後來人百尺竿頭再進一步的——在此我不得不憶起投昆明湖而死的王國維先生，對於國故整理的成績。

說到兒童文學更可憐了。政府頒佈過兒童年，又有什麼兒童書局，各書店也先後出了許多兒童讀物，生於現代的兒童，的確是優於我輩的時代了。然而就刊物檢查一次，外國的童話翻譯，意義較好，但多是不適合中國的人情。創造呢，多半是鄉間老太婆常談的什麼傻姑爺等故事，對於兒童的啓廸，不見得有什麼收益。劍俠的故事覺迷過一陣兒童的心竅，現時惡劣的連環圖畫故事——並非魯迅所倡的那種，又整個的推行民間，中國眞是特別國情，兒童也沒有讀一本好書的福氣。

本文已是後記，我得帶住筆頭，這樣說下去何時得完呢？這本書是我和頌三兄合編的新編高中中國文學史的續編，那本書的末章就是本書的自序。另外請序之兄寫一短序，他是對我幫忙最大而且期望最切的人，本書的完成算獻給他的一點成績吧。如果序裡有溢美之詞，我除於感愧之餘更爲努力外，其他的是應當璧還的。

最後謝謝非催我寫作，如今把這本小書献到您的面前，如此不成材，我很覺慚愧；但，我知道你一定會雀躍三百，來信慶祝勝利(那談得到勝利)。果爾，那我暫時休息一下，再做第二件工作——還是這一類的事，希望不致辜負你。

——以上的話，質之非是否同意？——我想也許。

一九三六年八月，衣仙於廣州

史地傳記類　PC0208

最近二十年中國文學史綱

主　　編 / 謝　泳、蔡登山
責任編輯 / 孫偉迪

數位重製·印刷 / 秀威資訊科技股份有限公司
http://www.showwe.com.tw
114 台北市內湖區瑞光路 76 巷 65 號 1 樓
電話：+886-2-2796-3638
傳真：+886-2-2796-1377
劃撥帳號 / 19563868　戶名：秀威資訊科技股份有限公司
讀者服務信箱：service@showwe.com.tw
網路訂購 / 秀威網路書店：https://store.showwe.tw
網路訂購：order@showwe.com.tw

2012 年 6 月
精裝印製工本費：660 元

Printed in Taiwan

國家圖書館出版品預行編目

最近二十年中國文學史綱 / 謝泳, 蔡登山編. --
一版. -- 臺北市 : 秀威資訊科技, 2012. 06
面 ; 公分. -- (史地傳記類 ; PC0208)
BOD 版
ISBN 978-986-221-916-4(精裝)

1. 中國當代文學 2. 中國文學史 3. 文學評論

820.908 101001524

讀者回函卡

感謝您購買本書，為提升服務品質，請填妥以下資料，將讀者回函卡直接寄回或傳真本公司，收到您的寶貴意見後，我們會收藏記錄及檢討，謝謝！

如您需要了解本公司最新出版書目、購書優惠或企劃活動，歡迎您上網查詢或下載相關資料：http:// www.showwe.com.tw

您購買的書名：＿＿＿＿＿＿＿＿＿＿＿＿＿＿＿＿＿＿＿＿＿＿＿＿

出生日期：＿＿＿＿＿年＿＿＿＿＿月＿＿＿＿＿日

學歷：□高中（含）以下　□大專　□研究所（含）以上

職業：□製造業　□金融業　□資訊業　□軍警　□傳播業　□自由業

□服務業　□公務員　□教職　□學生　□家管　□其它＿＿＿

購書地點：□網路書店　□實體書店　□書展　□郵購　□贈閱　□其他

您從何得知本書的消息？

□網路書店　□實體書店　□網路搜尋　□電子報　□書訊　□雜誌

□傳播媒體　□親友推薦　□網站推薦　□部落格　□其他＿＿＿＿＿

您對本書的評價：（請填代號　1.非常滿意　2.滿意　3.尚可　4.再改進）

封面設計＿＿＿　版面編排＿＿＿　內容＿＿＿　文／譯筆＿＿＿　價格＿＿＿

讀完書後您覺得：

□很有收穫　□有收穫　□收穫不多　□沒收穫

對我們的建議：＿＿＿＿＿＿＿＿＿＿＿＿＿＿＿＿＿＿＿＿＿＿＿＿

＿＿＿＿＿＿＿＿＿＿＿＿＿＿＿＿＿＿＿＿＿＿＿＿＿＿＿＿＿＿＿

＿＿＿＿＿＿＿＿＿＿＿＿＿＿＿＿＿＿＿＿＿＿＿＿＿＿＿＿＿＿＿

＿＿＿＿＿＿＿＿＿＿＿＿＿＿＿＿＿＿＿＿＿＿＿＿＿＿＿＿＿＿＿

請貼
郵票

11466
台北市內湖區瑞光路 76 巷 65 號 1 樓
秀威資訊科技股份有限公司 收
BOD 數位出版事業部

(請沿線對折寄回,謝謝!)

姓　　名:____________　年齡:________　性別:□女　□男

郵遞區號:□□□□□

地　　址:____________________

聯絡電話:(日)____________　(夜)____________

E-mail:____________________